Elisabeth Zöller • M + E

OMNIBUS

© Foto: Thienemann Verlag

DIE AUTORIN

Elisabeth Zöller, geboren 1945 in Brilon, studierte Deutsch, Französisch, Kunstgeschichte und Pädagogik in Münster, München und Lausanne. Sie war 17 Jahre an verschiedenen Gymnasien tätig und schreibt seit 1987. Neben Beiträgen in Zeitschriften und Anthologien hat sie bereits eine ganze Reihe von Kinder- und Jugendbüchern veröffentlicht.

Elisabeth Zöller

M + E

OMNIBUS

OMNIBUS

Der Taschenbuchverlag
für Kinder und Jugendliche
von Bertelsmann

Band 20314

Von Elisabeth Zöller ist bei
OMNIBUS erschienen:

Und wenn ich zurückhaue? (20099)

Umwelthinweis:
Dieses Buch wurde auf chlorfrei gebleichtem
Papier gedruckt.

Genehmigte Taschenbuchausgabe Februar 1999
Gesetzt nach den Regeln der Rechtschreibreform

Foto: Stephen Murez, Image Bank
Umschlagkonzeption: Klaus Renner
NB · Herstellung: Stefan Hansen
Satz: Uhl + Massopust, Aalen
Druck: Presse-Druck Augsburg
ISBN 3-570-20314-X
Printed in Germany

10 9 8 7 6 5 4 3 2 1

Die Kinder die sich lieben umarmen sich im Stehn
an den Türen der Nacht
Und die passierenden Passanten zeigen mit dem
Finger auf sie hin

Die Kinder die sich lieben sind für niemanden da
Sie sind woanders sehr viel ferner als die Nacht
Und sehr viel höher als der Tag
Weitab vom ganzen Weltgetriebe
Im hellen Glanze ihrer ersten Liebe

Jacques Prévert

Ich widme dieses Buch
meinen Kindern

1

Die Tischplatte war einmal hellbraun, aber jetzt ist sie gemustert, durchkreuzt von Linien, Wellen, Kreisen. Mit dem Kuli eingedrückt und in stundenlanger Kleinarbeit poliert. Eva hat gerade ein Herz hineingemalt, mit einem schwarzen Kuli mitten in die Muster. Sie will es rot ausmalen und »M + E« hineinschreiben. »Martin und Eva« heißt das.

Mensch, wenn das klappt!, denkt sie.

»Caesar is watching you«, steht mittendrin in dem ganzen Gekritzel auf dem Tisch.

Caesar ist der Englischlehrer, der jetzt gerade in die Klasse kommt. Eigentlich müsste er Julius Caesar heißen, weil das sein Lieblingsstück von Shakespeare ist.

Eva starrt auf die Tischplatte. Nur nicht drankommen heute. Sie hat ihre Übersetzung nicht gemacht, Heft vergessen, alles vergessen. Nur Martin hat sie nicht vergessen. Den hat sie nämlich im Kopf gehabt, als sie alles vergessen hat. Da passt dann nichts anderes mehr hinein in so einen vollen Kopf. Soll sie einfach gehen und es Caesar sagen? Nur, wenn sie sagt, dass sie alles vergessen hat, ruft er sie immer wieder auf, fragt, will mit ihr reden, erklären. Und dazu ist Eva heute nicht in der Lage.

Sie hört immer nur Stücke von dem, was da vorne verhandelt wird.

Es geht um ein Liebesgedicht, »Love's fire heats water, water cools no love«.

Ja, das denkt Eva auch: Liebesfeuer heizt Wasser, Wasser kühlt keine Liebe. »Liebe bringt alles zum Glühen und Schwingen«, sagt Eva auf einmal laut.

»Hervorragend«, sagt Caesar vorne, »allerdings sehr frei übersetzt. Trifft aber genau das Thema! Das zieht sich durch alle Jahrhunderte. Eines der eindringlichsten menschlichen Themen: Liebe.«

Wenn der kommt, denkt sie. Wenn Martin am Samstag zu der Party kommt und sie abholt! Das wird was! Ich werd verrückt, denkt Eva, wenn der kommt. Ich tanz auf dem Dach. Ich schreib ihm eigenhändig ein englisches Liebesgedicht.

Draußen brennt die Sonne, heute wird es wieder so heiß. Sie wird schwimmen gehen, im Schwimmbad will sie Latein machen und Englisch und Mathe und alles, was sie heute nicht bei sich hat. Auf dem Bauch im Schwimmbad will sie es machen. Und dann will sie immer schauen, ob Martin da ist.

Martin soll im Schwimmbad gewesen sein, seit einer Woche jeden Nachmittag. Das hat Beethoven ihr gesagt.

Sie spinnt weiter. Wenn er im Schwimmbad ist, geh ich auf ihn zu, sag einfach »Tag«. Vielleicht legt er dann ja sein Handtuch neben meins. Dann werden Bounty und Lisa Augen machen. Oder vielleicht kommt er ja auch einfach mit seinem Handtuch, wenn ich ihn noch gar nicht gesehen hab. Das wäre was, wenn er als Erster käme.

Caesar kreuzt durch die Klasse. Ob Caesar sie aufruft? Wahrscheinlich nicht, denn eigentlich ist Caesar ein friedlicher Mensch, der von ihr eine recht gute Meinung hat. Sie haben Caesar in Englisch schon seit der sechsten Klasse. Allmählich kennen sie sich, die Klasse und Caesar.

Caesar nähert sich, sie senkt den Blick, starrt auf ihre Bank, auf das Buch. Wo sind sie eigentlich?

»Shall I compare thee to a summer's day …«

Caesar ist vorbeigegangen, sie ist erst einmal gerettet. Sie fasst an ihre Nase. Da blüht der Pickel. Wenn der natürlich bis heute Nachmittag noch größer wird, kann sie das mit dem Handtuch vergessen. Dann sagt der nicht: »Tag, Eva«, dann sagt der: »Tag, Pickel«, dann sieht der nur noch einen Pickel mit Bikini und Beinen.

Caesar ist jetzt ganz vorne.

Sie schaut aus dem Fenster, so weit sie das kann, denn gegen die Sonne sind gelbe Markisen ausgespannt. Und diese gelben Markisen verhindern jeden Tag aufs Neue, dass sie hitzefrei bekommen. Das Klassenzimmer ist kühl, es hat Fenster zum Westen und zum Norden. Im Westen werden die Markisen von Herrn Hartmann, dem Hausmeister, schon morgens ausgespannt. Und genau in dieser Klasse hängt eines der Thermometer für die jeden Tag wieder anstehende Hitzefreientscheidung. Sie schaut aus dem Fenster, dem Nordfenster. Von dort rückt Caesar wieder an.

»Was heißt ›to confuse‹?«, fragt er. Bounty ist dran. Bounty stottert, Bounty hat wahrscheinlich wieder mal nicht zugehört. Caesar mag Bounty nicht, wahrscheinlich wegen der Negerkussfabrik. Ihr Vater hat eine. Das ist kulturlos, traditionslos, ohne historischen Hintergrund. Negerküsse! Nur wenn Bounty ihm welche anbietet, greift Caesar reichlich zu. Dabei ist Bounty diejenige in der Klasse, die am meisten liest. Aber das weiß Caesar nicht. Bounty erzählt es ihm ja auch nicht, nur mit Eva spricht sie darüber. Im Augenblick ist Christa Wolf ihre Lieblingsautorin.

»To confuse?« Caesar nähert sich, Caesar mit Stoppelhaaren, rundem Kopf, Gelehrten-Goldbrille, grauer Hose, weißem Hemd und Jackett, selbst bei der Hitze. Traditionsbewusst. So ist Caesar. Das will er den Schülern weitervermitteln.

Caesar schwenkt ab, im rechten Winkel, schlägt die Ostrichtung ein. »To confuse?« Die Frage steht im Raum. Auf einmal dreht er sich um. Scharfe Wendung!

»Eva«, sagt Caesar. Caesars Gesicht ist düster. Caesar kann solche jugendliche Unwissenheit nicht ertragen, und die Unlust nicht, die ist für ihn am schlimmsten.

Eva weiß es: »Verwirren, in Unordnung bringen, aus der Fassung bringen, ängstigen, Bankrott machen.«

»Endlich«, seufzt Caesar.

Verwirren!, denkt Eva, in Unordnung, aus der Fassung bringen, Bankrott machen ... das alles macht die Liebe! Verrückt!

Eigentlich müsste Eva jetzt für diese Stunde gerettet sein, wenn er nicht noch einmal Bounty drannimmt. Wenn die dann nämlich wieder die Schultern hochzieht und ihn groß anschaut und dann ihren Mund zu einem breiten Grinsen verzieht, macht Caesar oft eine scharfe Wendung zu Eva. Aber im Augenblick ist keine Gefahr. Caesar ist abgeschwenkt. Pultwärts. Sicherheitsabstand. Abschaltminuten für Eva.

Martin hat große Augen. Eva mag große Augen. Und eine Brille. Eva mag Brillen, besonders bei Martin. Und dunkle Haare. Der Schnitt ist gut.

Caesar nähert sich wieder.

Eva macht die Augen zu. Fühlt nach innen. Spürt Martins Atem.

Da stößt Lisa sie an. »Umblättern«, flüstert sie, »nächste Seite!«

Eva schlägt die nächste Seite auf. Caesar liest den ersten englischen Satz oben auf der Seite. Er hängt im Raum wie ein riesiges Fragezeichen. Die Hitze legt sich quer drauf, die Langeweile macht ihn ganz schwer, schwerer, als er ist. Henzi gähnt. Caesar kontert mit einem englischen Spruch.

Caesar hält sich jetzt an der Markisen-Westseite der Klasse auf, die Gefahr ist für einen Augenblick gebannt.

Eva nimmt einen Stift in die Hand. Unter dem Text, der gerade bearbeitet wird, steht ein Kopf. Ein schönes Bild: ein König, ein altehrwürdiger englischer König. Eva nimmt einen Stift. Sie malt ihm Wimpern, Wimpern wie Martins. Danach malt sie ihm Haare, dunkle glatte Haare wie Martins. Der König hat abstehende Ohren. Sie legt sie ihm an. Solche Eingriffe hat's damals wohl noch nicht gegeben! Dann malt sie ihm eine Brille wie Martin sie trägt.

Damit verschwinden die hässlichen königlichen Riesenohren für immer.

Da fällt ein Schatten auf ihr Buch, ein steiler Schatten. Irgendetwas steht direkt vor ihr. Irgendetwas Bedrohliches! Vom Fenster her hat es sich angeschlichen. Eva schaut auf. Sie malt dabei automatisch weiter. Caesar steht vor ihr. Sie malt immer noch mit dem Stift weiter. Einen Bart, nein, noch mehr, sie malt alles schwarz.

»Schuleigentum«, schimpft Caesar. »Wie geht ihr mit dem Schuleigentum um?« Sein Kopf wird rot. Hochrot.

Eva schaut ihn an, sie schaut Caesar an. Und als sie wieder auf das Englischbuch blickt, scheint ihr englischer König nicht mehr da zu sein. Er ist hinter einer undurchdringlichen schwarzen Wand, einer Filzstiftwand, auf Nimmerwiedersehen verschwunden.

Eva soll morgen freiwillig zehn Minuten etwas Neues zum Englischunterricht beitragen. Das ist Caesars Trick. Kleine Referate bereichern die Stunde. »Über die Frühzeit der englischen Liebeslyrik«, sagt Caesar und entfernt sich für heute gen Norden.

2

Die Sommersonne, ein glühender Ball, steht hoch oben am Himmel und wirft kurze Schatten. Die Luft steht still zwischen den langen Häuserreihen, nur da, wo die Schule und die alten Kastanienbäume stehen, geht ab und zu ein leichter Luftzug.

Eva steht mitten in der Sonne, dreht ihre Locken über den Zeigefinger, hüpft von einem Bein auf das andere und schaut auf die Uhr. Noch zehn Minuten, dann müssten sie aus dem Schulgebäude kommen.

Es ist halb zwei mittags. Es ist glühend heiß und hell. Mittag bedeutet Hitze, die sich wie eine Kuppel über die Stadt legt. Schweiß, der von der Stirn tropft. Mittag bedeutet Durst. Aber Eva hat nur noch einen Rest Mineralwasser in ihrer Schultasche. Und sie kann jetzt nicht fortgehen und etwas zu trinken holen. Dann sind sie weg.

Sie wischt sich die verklebten Haare aus dem Gesicht. Noch acht Minuten, dann kommen sie, er mit Beethoven!

Soll sie sich in den Schatten stellen? Aber dann kann sie den Schulhofeingang nicht mehr überblicken.

Sie zieht die Flasche aus der Schultasche, trinkt einen Schluck.

Und wenn ich vor Hitze platze, bis er endlich wie jeden Mittag hier entlanggeht und auf den Bus nach Hause wartet? Dann liegen hier nur noch Evastücke. Vielleicht würde er dann später einen Stein aufstellen: Hier platzte Eva vor Hitze für Martin. Und wenn er gerade heute nicht kommt?

Noch sechs Minuten. Wenn man wartet, bleibt die Zeit fast stehen, geht nur langsam dahin wie Tropfen aus einem Wasserhahn, die sich erst sammeln müssen.

Noch fünf Minuten. Sie wischt sich den Schweiß von der Stirn und vom Hals. Ich stink bestimmt schon nach Schweiß.

Sie zieht die Parfümflasche aus der Tasche. Hoffentlich hat Mama noch nichts gemerkt. Mamas Parfüm. Sie hat es heute sogar mitgenommen. Benutzen tut sie es seit einer Woche.

Der Asphalt unter den Füßen wird fast weich, voll gesogen mit Wärme und Sonne. Hitze unten, Hitze oben und Hitze innendrin.

Noch vier Minuten. Heute will sie Martin einladen zu der Party am Samstag. Das hat sie sich vorgenommen und mit Beethoven besprochen. Sie bespricht fast alles mit Beethoven.

Sie hat Beethoven gefragt, denn Beethoven geht mit Martin in eine Klasse. Beethoven wohnt im Nachbarhaus neben Evas Familie. Er heißt Beethoven, weil er Ludwig heißt und hervorragend Klavier spielt. Beethoven hat gesagt, er schleppt Martin mit runter, auf jeden Fall. Und wenn er ihn beim Kragen nimmt. Auf Beethoven ist Verlass.

Jetzt läuft der Schweiß vorne am Bauch runter. Noch drei Minuten. Hat's schon geklingelt? Es sieht so aus. Die ersten Schüler stürmen aus der Schule über den weiten Schulhof mit den großen Kastanienbäumen. Sie stürmen vor, die Schultern nach vorne gezogen, die Taschen auf dem Kopf gegen die heiße Sonne.

Eva tritt von einem Fuß auf den andern. Jetzt müssen sie aber wirklich bald kommen.

Sie wird es ihm sagen, in zwei bis drei Minuten wird sie einfach wie zufällig hier stehen, sie wird »Hallo« murmeln, danach wird er antworten.

Eva, Lisa, Carolin, Tama, sie kommen alle zu der Party. Und Schoschi kommt und Beethoven.

»Am Samstag ist eine Party, hättest du Lust?«, will sie fragen.

Und wenn er »Nein« sagt? – Nein, der sagt nicht »Nein«.

Und wenn er gerade seit gestern mit 'ner andern geht?

Aber Beethoven hat sie beruhigt. Nein, nein. Beethoven meinte sogar, dass Martin sie, die Eva, ganz besonders mag. Er mag sie nur nicht so ansprechen. Er hätte sogar schon so im Lachen gesagt, dass das praktisch gewesen sei im Mittelalter: einfach einen Minnegesang unter dem Fenster der Geliebten schmettern – und schon weiß sie Bescheid. »Aber was meinste, wie viel Fenster heutzutage an Hochhäusern aufgingen, wenn da plötzlich unten ein Minnesänger loslegte! Fünfzig Frauen würden im Fenster hängen, würden sich auf ihr Sofakissen stützen und sich freuen – und sie wäre ja nur eine von fünfzig, wenn sie da wohnte. Das war Mittelalter, das ist nichts für heute.«

»Und Doppelglas-Fensterscheiben, die möglichst schalldicht sind, hatten die im Mittelalter wohl auch noch nicht. Da kommt ja kein Piep durch.«

»Das stimmt«, hat Martin gesagt, »die hatten nur einen luftigen kleinen Balkon an ihrer Burg, wo die ›edle vrouwe‹ heraustreten und den Geliebten angemessen begrüßen konnte.«

»Und anfassen konntest du die ›edle vrouwe‹ im Mittelalter auch nicht, nur verehren. Nee, Mittelalter ist nichts«, hat Beethoven gesagt.

Und damit wäre das alte Problem da, dass einer den Anfang machen muss. Und diesen Anfang will sie heute machen. Oder ob er das blöd findet, dass sie das macht?

Da sind sie. Sie kommen. Verflixt, dass gerade jetzt wieder der Schweiß so runterfließt. Ob das T-Shirt unterm Busen schon klebt?

Beethoven zwinkert ihr zu.

Das Herz klopft ihr jetzt bis zum Hals. Das T-Shirt klebt aber auch. Hilfe! Das sieht der doch sofort. Sie bläst sich Luft in den Ausschnitt, hält das T-Shirt hoch. Bauchbelüftung. Und – was soll sie sagen? Sie schaut an sich hinunter. Sie sieht doch aus wie 'ne Witzfigur, als wenn sie gerade geduscht hätte.

Beethoven steuert mit Martin direkt auf sie zu. Der hat doch gequatscht!

Eva schnippt mit den Fingern. Das tut sie immer, wenn sie aufgeregt ist. Wenn sie jetzt einfach im Erdboden versinken könnte. »Ach wie gut, dass niemand weiß, dass ich Rumpelstilzchen heiß …« – und dann wutsch ab in die Erde. Da wär's auch kühler.

Aber sie geht stattdessen auf die beiden zu. Sie geht automatisch. Einen Schritt, noch einen. Sie schaut hoch. Er schaut. Der Beethoven muss gequatscht haben! Peinlich. Irgendetwas muss sie jetzt sagen. Wenigstens etwas Nichtssagendes übers Wetter, wie die Erwachsenen das immer machen. Aber ihr Satz ist weg. Den hat sie sich doch tausendmal aufgesagt. Wenigstens: »Wie heiß es ist!«, aber die Stimme ist weg. Sie räuspert sich, und dann kommt mit Reibeisenstimme ein völlig heiseres »Hallo« heraus.

»Hallo«, antwortet er.

Verflixt, sieht der gut aus. Sie bekommt immer noch nicht die Lippen auseinander. Am liebsten würde sie ihm einfach um den Hals fallen, aber sie kriegt ja kaum das »Hallo« heraus.

Noch ein »Hallo«. Jetzt reicht's aber mit den »Hallos«. Sie kann doch schließlich nicht immer »Hallo« sagen. Der denkt doch nachher wer weiß was von ihr.

»Hallo«, noch einmal.

»Ich wollte«, hört sie sich plötzlich sagen. Immer noch Reibeisenstimme, aber wenigstens nicht mehr »Hallo«.

Doch da springt Beethoven ein. Er merkt, wie aufgeregt Eva ist. »Sollen wir ein Eis essen gehen?«

Eigentlich geht das nicht heute Mittag, weil ihr Bus gleich fährt, und der nächste fährt erst in dreißig Minuten. Und weil sie nachher Klavierstunde hat und noch üben müsste. Aber trotzdem nickt sie.

Martin schaut sie an. Diese Augen! Grün sind sie mit einem Ring von Braun. Die langen Wimpern. Irre!

Sie gehen los. Er geht neben ihr her. Sie berühren sich am Arm. Noch einmal. Das geht durch den ganzen Körper. Ob er das genauso schön findet? Sie klemmt die Schulmappe unter den anderen Arm.

Der Bürgersteig wird schmaler.

»Soll ich vorgehen?«, fragt er. Schade, es war so schön, so nah neben ihm zu laufen.

Sie gehen zu dritt im Gänsemarsch die Straße entlang. Sie schaut dabei auf seinen dunklen Hinterkopf. Er schaut sich um und lächelt. In seiner Brille spiegeln sich

Eva und die Straße und die Sonne, der Himmel, die ganze Welt.

Hilfe, denkt Eva, Hilfe! Ich glaub, ich bin verliebt. Sie kippt fast vom Gehweg, so schmal ist der. Aber woran merk ich, dass ich verliebt bin? Wie stand das heute in dem englischen Liebesgedicht? Da stand etwas von Zittern, einem Zustand, der der Angst ähnelt.

Eigentlich ist der Mensch eine komische Konstruktion, denkt Eva, während sie weiter hinter Martin herbalanciert. Warum weiß man alles nicht sicher? All das, was sich im Innern abspielt? Sie könnte doch eine Skala vorne am Bauch haben wie Mamas Blumengießanzeige. Kurz T-Shirt hoch und nachsehen: »eindeutig verliebt« oder »total verknallt«. Das hieße also: nichts wie ran. Aber sie kriegt ja sowieso nicht den Mund auf. Und das kann sie doch auch nicht sagen: Du, ich mag dich!

Vorsicht, da ist ein Hundehaufen! Fast wäre sie hineingetreten.

Oder etwas, was besonders lustig wäre: Die Menschen könnten sich verfärben: verliebt, dann wären sie rosa, traurig: schwärzlichgrau, wenn sie sich einsam fühlten: violett. Wäre doch witzig! Aber doch nicht so praktisch, vor allem verräterisch. Wahrscheinlich ist es doch sehr gut, dass die Gefühle der Menschen innendrin versteckt sind, denkt sie. Nur auch reichlich kompliziert. Und dadurch auch reichlich verlogen. Denn viele verstecken ihre Gefühle, sie machen sich etwas vor, bemühen sich auch gar nicht darum, ihre Gefühle ehrlich zu kennen!

Ich fange schon wieder an zu phantasieren, denkt Eva

und geht dabei immer noch hinter Martin her, Schritt für Schritt. Verflixt, der macht immer größere Schritte. Sie kann kaum noch mithalten. Und sie phantasiert weiter: Zwei treffen sich, und der eine wird im Gespräch auf einmal rosa, schweinsrosa – verliebt. Nicht auszudenken, wie peinlich das wäre.

Stattdessen müssen die umständlichen Menschen ihre Gedanken und Gefühle ständig nach außen transportieren: durch Worte oder durch Gesten, das kann sehr zweideutig und kompliziert sein. Und da lernt man in einem langen Leben ein ganzes Lexikon voller Gesten, Worte, Zeichen, die für etwas Inneres stehen, etwas, das sich im Kopf und Körper abspielt. Sie hat vor kurzem ein Buch angesehen: »Körpersprache«, das klang sehr spannend.

Er dreht sich um, er lächelt sie an. Der wäre jetzt knalleschweinsrosa, irrsinnig verknallt – und sie schweinsrosarot. Sie muss lachen.

Gleich lädt sie ihn ein. Oder ob das blöd ist, wenn sie das als Mädchen macht? Kleks sagt immer, Mädchen sollten das nicht. Kleks ist eine aus ihrer Klasse, die irre toll malt. Sie hat sich sogar schon an einer Ausstellung beteiligt. »Gleichberechtigung«, sagt Kleks, »ist schön und gut, aber zum ersten Mal ansprechen«, sagt sie immer, »das muss der Junge.«

»Ja, und wenn der die Lage gar nicht peilt oder vielleicht zu schüchtern ist? Dann wartet man also zwei, drei, vier, fünf Jahre, bis man die ersten grauen Haare hat, und dann darf man's?«

Eva schnippt wieder mit den Fingern. Einfach auf den andern zugehen. Das ist doch etwas Menschliches. Du, ich mag dich. Ich möchte dich kennen lernen. So denkt Eva.

Das Café ist klein, ein typisch italienisches Eiscafé. Kunstledergepolsterte Bänke an den Seiten entlang, davor kleine runde Tischchen und kunstlederne Stühle, Fliesenboden und Eis natürlich, zwanzig Sorten. Und schön kühl ist es. Ein Ventilator an der Decke setzt die Luft in Bewegung.

Sie sitzen. Geschafft! Auch von der fast sirrenden Mittagshitze.

Martin schaut auf die Eiskarte. Eva schaut zu Martin. Martin schaut hoch. Eva wird rot, sie schaut schnell auf die Eiskarte. Martin schaut Eva an. Eva schaut hoch, Martin wird rot, er schaut schnell auf die Eiskarte. Eva schaut zu Martin. Er grinst. Mensch, Lachgrübchen hat der! Und was für welche! Solche Lachgrübchen mag Eva. Lachgrübchen und dunkle Haare und braungrüne Augen mit schwarzen Wimpern. Und überhaupt. Sie schnippt wieder mit den Fingern.

Eva hatte noch nie einen richtigen Freund. Sie kommt sich schon richtig zurückgeblieben vor. Die meisten aus ihrer Klasse haben einen.

»Eine Freundin macht am Samstag eine Party, und da wollte ich dich einladen.« Jetzt ist es heraus. Es geht ja ganz leicht.

»Kommst du?«, fragt sie.

»Glaub schon«, sagt Martin, »wahrscheinlich.«

Sie schaut zu Beethoven, doch der begrüßt gerade zwei andere aus seinem Jahrgang.

»Beethoven kommt auch«, sagt sie.

»Wann fängt die Party an?«, fragt Martin.

»Sollen wir uns um sechs Uhr treffen? Bei mir vorm Haus?« antwortet Eva und: »Kannst du mich da abholen?« Ihre Stimme wird ganz heiser.

»Klar«, sagt er.

»Sechs Uhr«, sagt sie, »Ulmannstraße 7.« Und sie starrt dabei auf das Eis. Das Eis wird immer größer.

»Wahrscheinlich komm ich«, sagt Martin, »bestimmt komm ich«, sagt er schnell hinterher, »ganz bestimmt«, und löffelt sein Eis. Alles andere verschwimmt. Sie sieht ein Rieseneis vor sich, ein schweinsrosarotes Rieseneis, das immer röter wird, und Martin daneben. Martin, der sagt: »Wahrscheinlich komm ich, bestimmt komm ich.« Und das Eis wird immer größer und röter.

Martin wird immer kleiner, als sie »tschüss« sagen und »bis Samstag« und noch einmal »tschüss« und in zwei entgegengesetzte Richtungen davonlaufen. Und Eva schmeißt die Schultasche in die Luft und schreit: »Juchhu!«

Ich tanz auf dem Dach, wenn er kommt. Eva schmeißt die Tasche in die Luft und schnippt mit den Fingern. Ich reiß die Schule ein, wenn er kommt. Und ich schwöre, ich werde ihm ein Liebesgedicht schreiben, aber vielleicht doch kein englisches.

3

Eva heißt eigentlich Eva Marie Luise Schinkel. Sie ist ziemlich dünn, hat einen dunklen Wuschellockenkopf, sieben Sommersprossen auf der für ihren Geschmack etwas zu groß ausgefallenen Nase, immer noch diskrete Andeutungen von Pubertätspickeln, allerdings im Augenblick fast immer ein blühendes Exemplar mittig auf der Nase, sodass die Nase noch größer erscheint. Eva hat wasserblaue Augen und viele Bücher. Und dadurch hat sie viel im Kopf: viel Phantasie, viele Geschichten, viele Wörter. Sie hätte Lust, als Beruf irgendetwas mit Sprache zu machen: Journalistin, Texterin in der Werbebranche. Eva schreibt kleine Texte, Gedichte für sich. Die zeigt sie eigentlich nur Lisa und Bounty, ihren Freundinnen. Lisa hat dazu im letzten Jahr eine Fotoserie gemacht – vielleicht, ganz vielleicht bekommen sie sogar die Gelegenheit, die Fotos und Texte auszustellen.

Wenn ihre Eltern die Texte und Bilder sehen, sind sie allerdings manchmal ein bisschen entsetzt: Eva und auch Lisa arbeiten oft die kaputte Seite, die Schattenseite einer Sache heraus – und vermutlich, meint Lisa auch, wollen Eltern häufig nicht wahrhaben, dass auch Jugendliche sehr sensibel auf Schattenseiten, auf Dunkles, Zerstörtes reagieren … Eltern wollen glückliche Kinder in einer von ihnen selbst nicht mehr herstellbaren heilen Welt. Die Wahrnehmung der Risse und Schatten fällt ihnen bei ihren Kindern wohl sehr schwer.

Evas Vater ist Buchhändler, hat eine eigene riesengroße Buchhandlung mitten in der Stadt. Und sie wohnen in einem Vorort. Ihre beiden Eltern haben Literatur studiert – die Liebe zu den Büchern, zu den Wörtern und Gedanken, die hat sie von ihnen. Und auch die Art, wie sie miteinander umgehen. Sie glaubt, sie verstehen sich wirklich gut. Auch wenn es manchmal zischt und faucht und knallt bei ihnen, aber es ist ein gewisses Grundverständnis da. Ohne das wären sie wahrscheinlich auch nicht zu so vielen Kindern gekommen: Eva ist die Älteste (leider), dann kommen die Zwerge: Lucy ist neun. Sie kann ein ziemliches Biest sein. Schließlich Rotznase, der ist sieben, läuft immer mit einer Rotzfahne unter der Nase herum, heißt Peer und ist von Grund auf neugierig: Ein gewisser Forscherdrang ist sein auffälligster Charakterzug. Und schließlich das Baby, Windelpaket, inzwischen auf zwei Beinen, Junge, dreizehn Monate alt. Name: Felix.

Eva hofft, ihre Eltern hören jetzt auf mit dem Kinderkriegen, denn schließlich schreit und brummt und kreischt es bei ihnen schon aus allen Ecken.

Angesichts dieses Menschenauflaufs in ihrer Familie ist es allerdings erfreulich, dass sie wenigstens ein schönes großes Zimmer ganz für sich hat. Im Untergeschoss des Hauses und mit einem großen Fenster zum Garten.

Eva hat gute Noten in der Schule und sie hat eine große Liebe, die aber (noch) nicht erwidert wird. Dazu sagt Mama: »Das wird nichts«, aber die Mama ist von damals. Lisa, ihre beste Freundin, und Bounty und Kleks, ihre zweitbesten Freundinnen, die sagen: »Mach dich ran!«

Besagte große Liebe ist besagter Martin. Eva wird rot, wenn sie ihn sieht, Martin wird rot, wenn er Eva sieht, was die Freundinnen als gutes, wenn nicht allerallerbestes Zeichen interpretieren.

Martin wohnt mit seiner Mutter zusammen, ohne Geschwister, ohne Vater. Was mit seinem Vater ist, weiß Eva nicht: geschieden, gestorben, abgehauen? Martin fragt viel, fragt nach allem, liest viel, erzählt viel davon, ist dunkelhaarig, lang, schlank und sehr oft nachdenklich. Beethoven hat ihr die ganzen Einzelheiten erzählt, und Laura, eine aus seiner Klasse, die kurz mit ihm ging. Geredet hat sie mit Martin noch nicht viel.

Martin ist der Freund von Beethoven. Beethoven spielt ausgezeichnet Klavier, kann improvisieren, geht mit Martin in dieselbe Klasse, ist der Hausnachbar von Eva, hat rötliche Haare und ein liebes Gesicht.

In der Klasse von Eva sind auch noch Carolin und Bounty.

Carolin hat einen festen Freund. Sie wollen mit zwanzig heiraten, mit einundzwanzig das erste Kind bekommen und wissen schon, dass es Susi heißt.

Bountys Vater ist Negerkussfabrikant. Deswegen hieß Bounty erst Negerkuss. Und als sie um Gnade bettelte, weil sie nicht mehr länger so heißen wollte, einigte man sich auf den wohlklingenden, auch der Süßigkeitsindustrie entlehnten Namen Bounty. Bounty bringt bei jeder Klassensache Negerküsse mit.

Bountys Klasse testet auch den Geschmack von Süßigkeiten für die Negerkussfabrik, dafür bekommen sie wieder Negerküsse und deswegen heißt die Klasse »Die Negerkussklasse«.

Außerdem sind da noch Kleks und Tama, Schoschi, Henzi, Bastmeyers Erwin, Flori und Maze. Eva, Lisa, Carolin, Bounty, Bastmeyers Erwin, Flori und Maze gehen in die Sophie-Scholl-Schule, Martin, Laura und Beethoven in das Einstein-Gymnasium. Bei Beethoven hat Eva auch Martin zum ersten Mal gesehen. Sie geht öfter einfach rüber oder Beethoven kommt mal eben zum Musikhören oder Unterhalten. Eva hat schon dran gedacht, die Schule zu wechseln, weil sie dann näher bei Martin wäre. Aber das will ihre Mama nicht und ihr Papa auch nicht. »Wenn du dann gerade gewechselt hast, verliebst du dich in einen aus deiner früheren Schule, dann gehst du wieder ab und dann noch einmal und so geht das weiter.«

»Eltern«, seufzt Eva, »Eltern.« Eltern haben doch keine Ahnung von ewiger Liebe. Sie will auf keinen Fall ständig wechselnde Freunde, heute den und morgen den. Und so bleibt sie trotz allem in der Negerkussklasse, holt sich Rat bei ihrem Nachbarn Beethoven und versucht, die Kontakte zu Martin auf die ihr eigene Weise langsam zu knüpfen.

In der Nacht hat sie einen sehr langen Traum.

Sie sitzt mit Beethoven in einem Flugzeug und fliegt fort. Unten stehen Menschen und winken. Sie glaubt, dass es ihre Familie ist, die unten steht und winkt. Papa lacht, Mama weint zuerst, aber dann lässt sie sich von Papas Lachen anstecken. Sie fliegen wunderbar über das weite Land. Beethoven sitzt neben ihr, sagt aber auf einmal: »Da!«

Und da sitzt wirklich Martin auf dem Flugzeugflügel. Er will hinein, aber es ist sehr schwierig, denn er wird immer wieder vom Wind fortgerissen. Aber wie von einer unsichtbaren Kraft festgehalten, bleibt er doch immer wieder auf dem Flugzeugflügel sitzen. Schließlich schafft er's.

Er sitzt auf einmal am Steuer. Und sie sitzt daneben. Und Beethoven pfeift von hinten eine Melodie! Beethoven ist schließlich nur noch eine Melodie, die im Raum steht wie Begleitmusik zu der Landschaft, die unten liegt.

»Wohin fliegen wir?«, fragt Martin. Eva antwortet nicht, aber beide wissen, sie fliegen weiter und immer weiter. Und ein großes Licht ist vor ihnen.

Plötzlich wird es laut: ein Gewitter-Wolken-Blitz-Donner-Spiel. Das Flugzeug verliert an Höhe. Sie fallen in das Loch einer Böe. Jetzt lenken sie zusammen. Sie halten den Steuerknüppel. Sie steigen zusammen wieder hoch, bis auf einmal eine Wolke aufreißt und sie im Licht sind. Mitten im Licht. Sie sind angekommen.

Da wird Eva wach. Sie hat noch das Licht in sich und fühlt Martin noch neben sich …

Sie erzählt in der Schule Lisa von dem Traum.

»Mit Träumen leuchtest du wie mit einer Taschenlampe dein Unterbewusstes aus«, sagt Lisa. Die ist da Fachfrau.

Das Licht, das Fliegen, der Sturm, die Wolke. Ob das alles etwas zu bedeuten hat? Eva sitzt da und denkt nach.

Es wäre schön, wenn der Traum wahr würde. Das Licht, das Fliegen und Martin, der langsam zu ihr in die Kabine des Flugzeuges kommt.

4

Am Nachmittag vor der Fete durchwühlt Eva ihren Schrank, dann fragt sie Mama, ob sie nicht etwas Vernünftiges für sie zum Anziehen habe.

»Einverstanden«, sagt Mama, »aber nur unter der Bedingung, dass ich die Sachen zurückbekomme, und zwar noch vor Ablauf eines Jahres.«

Eva lacht. Einverstanden. Mama hat ein enges T-Shirt. Da ist der Busen zu dick. Dann das schlabbrige. Damit sieht sie aus wie ’ne Dreijährige im Schwimmbad, fehlen nur die Schwimmflügelchen. Oder das schulterfreie?

»Du siehst gut aus«, sagt Mama, als Eva fertig ist. Aber Mama sieht nicht ihren elenden Prachtpickel.

Um Punkt achtzehn Uhr ruft Eva: »Tschüss!«, und zieht die Tür hinter sich zu. Martin steht schon da. Dass sie um ungefähr zwölf Uhr zurück sein soll, hat Mama noch eben hinterhergerufen. »Oder, wenn es später wird, ruf an!« Sie wischt sich durchs Gesicht. Die Wimperntusche. Jetzt ist sicher alles verschmiert!

Sie zeigt Martin die CDs, die sie mitgenommen hat. Auch Elvis. Da haben sie erst einmal etwas zu reden.

»War nett, dass du mich abgeholt hast!«

»Hatten wir doch verabredet.«

»Trotzdem.«

Sie sind da. Der Raum ist schon ziemlich voll. Sie mischen sich unter die anderen. Sie tanzen. Martin hier, sie da. Neben ihr schieben Carolin und Schoschi einher, natürlich hauteng Busen an Bauch, und flüstern miteinander. Wahrscheinlich überlegen die beiden gerade, wie ihr zweites Kind heißen soll, denkt Eva.

Jetzt wird eine neue Musik aufgelegt. Schmuseblues. Da kommt Martin, legt beide Arme um ihren Hals. Sie legt den Kopf an Martins Schulter. Sie tanzen. So könnte es immer bleiben!

»Küssen macht Spaß, irren Spaß.«

Diesen Satz flüstert Eva Martin ins Ohr, als sie sich küssen. Eine Stunde später. Aber warum sagt sie so was beim Küssen? Was sagt Lisa immer? Du musst küssen und nicht nachdenken und quatschen. Einfach Augen zu und küssen.

»Küssen macht Spaß«, flüstert Eva noch einmal.

»Dich küssen macht Spaß«, flüstert Martin zurück und fährt ihr dabei mit beiden Händen durch die Haare.

»Hui, das kitzelt!« Eva lacht, reißt sich los, lässt sich auf die Matratze in der Ecke fallen, und sofort geht es weiter.

Martin beißt ihr in das linke Ohrläppchen.

»Aua!« Eva beißt zurück. Sie küssen weiter. Er streichelt mit der Zunge über ihre Lippen. Sie streichelt zurück. Ihre Zungen berühren sich, spielen umeinander. Sie legt beide Arme um ihn. Kopf an Kopf.

»Halbzeit!«, schreit einer, und wenn da nicht Lauras Blick Eva getroffen hätte, wäre sie jetzt sicher für Ewigkeiten in Martins Armen versunken.

Laura war Martins erste Freundin. Nur vier Wochen lang. Nicht, dass Eva ihr Martin ausgespannt hätte. Nein. Laura hatte mit ihm Schluss gemacht. Aber trotzdem tut es wohl ganz schön weh, ihn jetzt mit Eva zu sehen.

»Der fragt mir zu viel«, hatte Laura gesagt.

Ja, Martin denkt über alles nach. Er überlegt. Warum? Wieso? Weshalb? Woher? Wohin? Er fragt nach allem, hinterfragt. Das ist das, was Laura stört. Was Eva aber gerade so gut findet. Nachdenken. Sprechen.

Sie findet Wörter wichtig, sie untersucht Wörter, überlegt, was Wörter mit Gefühlen zu tun haben, erfindet Wörter für alles: dunkle Wörter, knallige Wörter, bunte Wörter.

Ihre Geschwister sagen dann: »Eva spinnt mal wieder.« Aber das sind ja Zwerge.

Martins Gesicht kommt ganz nahe. Jetzt sieht sie es vor sich: Die weit auseinander stehenden Augenbrauen, die grünbraunen Augen, die ein bisschen stupsige Nase …

Martin packt sie, drückt sie fest an sich. Eva könnte versinken. Das Licht ist schummrig hier in der Ecke. Partyatmosphäre. Dazu Elvis-Melodien.

Love me tender
love me sweet
never let me go
you've made my life complete
and I love you so.

Das will Eva Martin auch alles sagen, »never let me go«. Carolin und Schoschi schieben gerade wieder vorbei.

Martin streichelt vorsichtig ihre Brust. Vielmehr, er tastet sich langsam heran, und sie zittert wie ein Erdbeben. Sie möchte ihn anfassen, ihn berühren und versinkt in seinen Armen. Vielleicht weiß das keiner, was man da fühlt. Es geht ganz durch. Vom Kopf bis in die Füße und von den Zehenspitzen bis in die Haare. Im Bauch ist es besonders. Und am Herzen. Herzklopfen. Ruhe. Es gibt so wenige Wörter dafür, und wenn man sie ausspricht, sind sie fast kitschig. Die Sache kippt, und man muss lachen, obwohl die Sache verdammt ernst ist und auch wieder so voller Freude.

»Hallo«, ruft Martin. So, als würde er sie gerade anrufen.»Hallo, bist du noch da?«

»Ja, ich bin da.« Sie flüstert: »Typisch Eva.«

»Wieso typisch?«, fragt er.

Soll sie es sagen? Soll sie es einfach erklären, dass sie über alles nachdenkt? Dass sie zu viel nachdenkt, wie ihre Mama sagt? Blöd nachdenkt, spinnt, wie Micha ihr sagte, einer aus ihrer Klasse, der sie mochte, den sie aber absolut nicht abkonnte? Oder ist dann Schluss?

»Eva hat nachgedacht«, sagt sie. Und wenn er jetzt sagt: »Soso, Mädchen denken also auch nach«, was Micha jetzt sicher gesagt hätte, dann ist Schluss. Dann mach ich schlagartig Schluss!

»Erzähl mir doch, was du gedacht hast!«

Wirklich, das sagt der. Der will das hören! Da könnte man sich doch vor Freude in den Hintern beißen.

Und da fängt sie an zu erzählen, wie sie nachdenkt, worüber sie nachgedacht hat. Über das, was kitschig ist. Warum Liebe oft kitschig wirkt, wenn wir sie in Worte fassen.

Die Lichter im Raum gehen an, gehen aus. Es ist schummrig, dunkel und hell. Sie merkt nichts mehr um sich herum. Sie ist wie auf einer Insel. Eva hat endlich jemanden gefunden, der ihr zuhört. Der sogar hören möchte, was sie denkt.

Martin ist keiner, auf den alle Mädchen fliegen. Vom Aussehen ja, aber nicht laut genug, nicht »Hallo, hier bin ich«, der Typ ist er nicht. Und dann wird gespielt. Fassade. So einen hätte sie schon lange haben können. So einen mit waschechter Fassade. Aber eben nur Fassade. Und Rauputz. Und wenn Eva dann ein Fenster geöffnet hätte, durch die Fassade durchgewollt hätte, da wär der auf einmal immer kleiner geworden und sie hätte gemerkt, dass seine Größe und seine große Schnauze in der Hauptsache aus Luft bestanden hatten, die mit einem Knall raus war. Pschtsch! Deswegen sagt man wohl auch, das ist ein aufgeblasener Typ. Weil die sich groß machen und es nicht sind. Die Coolen. Die Obercoolen, die jede mal eben mit links aufreißen und flachlegen. Nach dem Motto: »Zehn Minuten brauch ich, dann hab ich jede Frau flach.«

Aber Martin ist anders, das merkt man. Kein Angeber, kein großer Redner. Will er auch nicht sein. Eher still. Nachdenklich still. Auch sein Gesicht zeigt das, schmal und ernst, obschon er auch ganz schön lachen kann.

Auch die großen dunklen Augen gefallen Eva. Und dass er viel liest. Und darüber sprechen will. Davon erzählen will. Und dass er zuhört. Tausend Dinge, die Martin ausmachen: Reden, Schmuseblues, Küssen, Zunge und Streicheln und Reden, Reden …

5

Eva läuft unruhig im Zimmer im Untergeschoss auf und ab. Vom Fenster zur Tür und wieder zum Fenster. Warum ruft Martin nicht an? Er hat es doch vorgestern Abend versprochen, vorgestern nach der Party. Er hat gesagt, dass er immer an sie denke und dass er sie anrufen wolle und wann er anrufen könne und wie lange sie in der Schule sei und … Alles hat er gefragt. Und er hat auch noch erklärt, dass er am Sonntag nicht da sei. »Familienfeier«, und dabei hat er mit den Augen gerollt. Aber heute rufe er an.

Das Telefon geht. Eva rast die Treppe hinauf, rennt fast ihren Zwergenbruder über den Haufen, reißt den Hörer vom Telefon und haucht ein zartes, aber doch kräftiges, hingebungsvolles, aber doch selbstbewusstes, dahinschmelzendes und doch deutliches »Hallo, hier Eva Schinkel« in die Sprechmuschel. Warten, Sekunden, Zeit. Dann hört sie eine schnarrende, schnappende uralt klingende Kratzbehördenstimme: »Hier städtische Müllabfuhr.« Sie wollte gerade noch einmal »Hallo« sagen, aber jetzt mehr gehaucht, hingebungsvoller wollte sie es langsam aus ihrem Mund fließen lassen – stattdessen knarzt sie ein knappes: »Ja – und wen wollen Sie sprechen?« – Natürlich ihren Vater. Wer unterhält sich sonst schon mit der städtischen Müllabfuhr.

»Nicht zu Hause«, knarzt sie. Der Typ soll ja nicht meinen, dass sie ihren Vater jetzt lange sucht und dann mehrere Minuten das Telefon blockiert! Und in der Zeit ruft Martin an. Nicht auszudenken!

Der Typ sagt Gott sei Dank und sogar recht freundlich – was sie ihm hoch anrechnet –, er rufe in zwei Stunden noch einmal an.

»Ja, ja«, sagt sie, bedankt sich. Bis dahin hat Martin längst angerufen, dann kann der Müllabfuhrtyp sich ihretwegen zwei Stunden mit ihrem Vater unterhalten über Müll, Vermeidung von Müll, Eintüten von Müll, Austüten von Müll oder ähnlich spannende Themen. Dann geht sie wahrscheinlich schon mit Martin spazieren – unten am Bach – oder macht sich fertig für irgendein Meeting heute Abend. Steht dann im Badezimmer, probiert BHs, Parfüms, Rougesorten, probt den verliebten Augenaufschlag und sucht die richtige Stimmlage, um ihm so, wie sie es fühlt, wieder sagen zu können: »Ich liebe dich.« Aber warum ruft Martin nicht an?

Ob ihm etwas passiert ist? Ob er verunglückt ist? Im Krankenhaus liegt und auf sie wartet? Oder vielleicht irgendwo liegt, schwer verwundet, man findet ihn und keiner weiß, wer er ist.

Eva rast nach oben. Es ist gerade vierzehn Uhr. Da

kommen Kurznachrichten im Radio und im Fernsehen. Auch Regionalnachrichten. Sie schaltet ein. Beide auf einmal. Aber es kommt nichts, gar nichts. Zumindest keine Meldung von einem Unfall. Sie schaltet aus und schaut auf die Uhr. Eva, sagt sie sich, Eva, du bist echt bescheuert. Du benimmst dich doch wie eine Wahnsinnige. Der ruft schon an. Bestimmt. Aber zähm dich, Eva. Warte, Eva. Ruhig, Eva. Spinn nicht, Eva.

Jetzt sind schon 2340 Minuten vergangen, und er hat immer noch nicht angerufen. Dabei hat er selbst zu ihr gesagt, er würde jede Minute an sie denken. Der muss ja schon platzen von alldem An-sie-Denken. Genau wie Eva. Eine lustige Vorstellung, aber eigentlich ist ihr jetzt mehr zum Weinen als zum Lachen zu Mute.

Oder hat er auf der Party nur ein bisschen mit ihr gespielt? So 'n bisschen cool den Macker machen und anschließend Leine ziehen. Vergeben – vergessen. Das kann nicht sein, denkt sie. So ist er nicht!

Aber vielleicht schreibt er ja heute eine ganz schwere Klausur, hat anschließend ein wichtiges Gespräch mit einem Lehrer und kann deshalb auf gar keinen Fall vor sechzehn Uhr anrufen. Warum weiß sie so wenig von ihm? Warum hat sie ihn nicht gefragt, warum hat sie noch nicht einmal seine Telefonnummer? Warum hat er nur ihre?

Am besten ruft sie die Schule mal an. Ob etwas passiert ist oder ob noch jemand Klausuren schreibt. Sie wählt. Es klingelt auf der anderen Seite. Sie lässt es klingeln. Einmal, zweimal … achtmal. Da legt sie den Hörer schnell wieder auf, denn wenn er jetzt gerade anrufen will und in einer Telefonzelle frierend und verlegen steht, mit zitternden Händen ihre Nummer wählt, und immer kommt das Besetztzeichen, und er wählt wieder, und draußen steht regentriefend der Nächste und klopft gegen die Glaswand der Zelle …

Sie schaut aus dem Fenster. Draußen ist wunderschönster Sonnenschein, also kann es kaum bei ihm in Strömen regnen. Sie muss weiter warten. Einfach warten. Warten. Warten. Sie starrt das Telefon an. Es rührt sich nicht, es ist stumm. Ob es in Ordnung ist? Oder ob vor zwei Minuten gerade draußen ein Bagger die Verbindung durchtrennt hat? Sie hebt ab. Normales Geräusch, alles okay.

Zu Beethoven kann sie auch nicht laufen und den fragen. Dann hört sie ja das Telefon nicht.

Ein Telefon, das nicht klingelt. Ein Telefon kann zum Folterwerkzeug werden, wenn der, den man liebt, nicht anruft. Telefon. Sie möchte es anschreien, das Telefon wenigstens! Da sieht sie sich im Spiegel. Eine ziemlich entnervte Eva. Ernstes Gesicht und doch ein Blitzen in den Augen. Eva. Sie dreht sich vorm Spiegel in ihren schwarzen Jeans: dunkle Haare, schwarz umrandete Augen, die Nase mit dem Pickel mittendrauf, die helle Haut. Freundliches Gesicht eigentlich trotz der ernsten Lage. Sie schüttelt ihre Haare.

Da ruft Mama.

Oje! Eva schaltet sofort.

Wahrscheinlich ruft sie, weil sie gerade eben bemerkt

hat, dass Eva ihr Parfüm schon seit Wochen benutzt und immer mit Wasser auffüllt, damit man's nicht sieht (aber inzwischen riecht man's). Zurückgestellt hat sie es doch? Sie schaut nach.

Mama schon wieder.

Sie ruft: »Ja, ich komme.« Mama nervt wieder mal.

Aber die will gar nichts Besonderes. Sie möchte nur wissen, was Eva hat. Warum sie so nervös ist. Dabei hat sie sich echt Mühe gegeben, nichts zu zeigen, keinen etwas merken zu lassen.

Mama tröstet sie mit so Sprüchen wie »Wenn man wartet, wird die Zeit immer lang«, »Vertreib dir die Zeit« und, und, und ... und eigentlich ist das ja lieb gemeint.

Aber sie bringt Eva damit erst recht in Rage.

Aus lauter Verzweiflung rennt Eva zum Briefkasten. Vielleicht hat Martin einen Brief eingeworfen, dass er nicht kann, nicht mehr will oder ...

Im Briefkasten steckt tatsächlich ein Brief, aber ein ganz anderer. Es steht ein endloser Absender drauf. Und noch ein kleiner Brief versteckt sich dahinter. Beide an Eva. »Liebeswettbewerb« steht über dem ersten. Eva schaltet. Klar!

Henk und Hanna, Eva und Anna, Karen, Max und Kilian sind in der Redaktion der Schülerzeitung. Sie haben vor einem Vierteljahr Schüler und Schülerinnen ihrer Schule aufgefordert, über Liebe, Sex und alles, was für sie dazugehört, zu schreiben.

Henk war dagegen gewesen, ein Heft zu diesem Thema zu machen. »Da wird zu viel gequatscht«, sagte er. »Und wenn du dann über alles Bescheid weißt, kontrollierst du dich nur noch, und jeder denkt nur: Hoffentlich mach ich nichts falsch.«

Dann wurde aber doch ein Plakat gemalt, auf dem zur Teilnahme am »Liebeswettbewerb« aufgefordert wurde. Darunter haben sie ihre Privatadressen angegeben.

Eva faltet den ersten Beitrag auseinander:

Herzklopfen

Wie soll ich es ihm sagen,
wie kann ich es ihm zu verstehen geben.
Ob er mich versteht,
wie er mich versteht;
und wenn er mich versteht,
dann werde ich wohl fröhlich sein.

Zuerst ist man neugierig,
will was ausprobieren,
will sich küssen,
auch lieben,
und wenn man von ihm wegmuss,
bekommt man Liebeskummer.
Und wenn man ihn wieder sieht,
Herzklopfen.

Aber natürlich will man auch mit ihm
in die Disco oder ins Kino.
Und wenn die Eltern nicht einverstanden

mit ihm sind,
treffe ich mich trotzdem mit ihm,

egal, was die anderen sagen.

Aber ich werde auch eifersüchtig sein,
wenn ich andere Mädchen sehe,
die ihn anschauen.

Die erste Liebe vergisst man nie.
Oder?

Dahinter steckt ein kleiner Umschlag mit einem kleinen, witzigen Zettel:

Was ist Leben?
Mit Schlips und Kragen
ohne zu fragen
zum Arbeiten gehn
im Urlaub vier Wochen Mallorca sehn
immer den Arsch zukneifen
kontinuierlich reifen
danach sollst du streben
»Das ist Leben«

Eva grinst. Das beginnt Spaß zu machen. Ob die anderen auch so gute Texte bekommen?

Sie hängt die beiden Beiträge an ihre Pinnwand. In zwei Wochen ist die nächste Redaktionssitzung.

Da fällt ihr Martin wieder ein. Sie umkreist erneut das Telefon. Sie hypnotisiert es. Sie spricht dem Telefon gut zu ... Und wenn sie hinausgeht, ein bisschen rennen, sich bewegen, den Frust rauslassen? Aber genau dann wird er anrufen. Sie könnte gegen die Wand laufen, Türen aufreißen, auf Händen laufen, ihre Wut herausschreien. Rufen: »Immer Ärger mit den Kerlen!« Bis die Wut sich verflüchtigte oder sich davonmachte, zu ihm, ihm ins Ohr krabbelte, flüsterte, ihm sagte: »Ruf an, ruf endlich an!«

Und es scheint genützt zu haben, denn genau jetzt geht das Telefon.

Eva hebt ab und sagt: »Hallo.«

»Hallo«, seine Stimme. Dann ist wieder Schweigen.

»Ich wollte nur ...«, stottert die Stimme.

»Und ich hab so gewartet ...«

»Hast du Zeit?«, wieder die Stimme.

»Sicher«, wieder sie.

Sie sind beide etwas verwirrt. Aber was hatte sie eigentlich erwartet? Einen strahlenden, vor Selbstsicherheit strotzenden Martin, der ohne jede Spur von Verlegenheit die vollkommensten Sätze ins Telefon schnurrt?

Ob sie Zeit hat, hat er gefragt.

O ja, sie hat Zeit. Und ob! Und jetzt und sofort! Eva hat doch schließlich den ganzen Nachmittag auf nichts anderes gewartet.

»Dann komm ich und hol dich ab.«

»Was machen wir?«

»Mal sehen. Bei euch ist doch der Park, da können wir doch ...« Er stottert. Er ist genauso aufgeregt wie sie, und das mag sie gerade und das hat Laura nicht gemocht! Diese Verlegenheit ...

»Bist du noch dran?«, seine Stimme.

»Klar, ich hab nur nachgedacht.«

»Du mit deinem Nachdenken.« Er lacht ins Telefon, und sicher hätte er ihr jetzt wieder ins Ohr gebissen, wenn nicht das Telefon dazwischen gewesen wäre.

»Ich komme jetzt wie der Blitz!«, sagt er – und dann ist das Gespräch zu Ende.

Ihr Blick fällt in den Spiegel.

Ob sie die schwarze Jeans anbehalten soll? Aber fetzigere Socken, die will sie suchen. Lisa hat mal erzählt, dass vor allem schüchterne Männer immer auf die Füße achten, Fußform und Socken. Sie rast in ihr Zimmer, reißt ihren Schrank auf.

Die mit den Blumen sind zu kindisch.

Die mit dem Spruch »Have a nice day« sind gut.

Sie zieht ihre Socken aus, fummelt sich den schönen Spruch über die Fersen – sieht nach nichts aus.

Die mit den Punkten?

Jetzt schnell rauf ins Badezimmer.

Unten ruft jemand. Ob er schon da ist? Das kann doch wohl nicht sein. Eva muss sich doch noch schminken, kämmen, ein bisschen von Mamas Parfüm ... So kann sie doch nicht nach unten an die Haustür gehen.

Verflixt, dass sie immer so unsicher ist! Aber ist das nicht jeder? Wahrscheinlich hat er auch den ganzen Nachmittag vorm Spiegel und danach vorm Telefon verbracht.

Da muss sie auf einmal lachen, über sich und auch über ihn.

Von unten ruft wieder jemand: »Eva, du hast Besuch!«

Er ist es also doch schon. Sie freut sich. Lacht. Und mit diesem Lachen in sich rennt sie die Treppe hinunter, ihm entgegen.

Dort steht er: besser noch, größer noch, schöner noch, freundlicher noch, verlegener noch, aufgeregter noch, halt noch mehr Martin, als Eva sich vorgestellt hatte.

Sie gehen hinaus. Es hat abgekühlt. Windig ist es.

Nebeneinanderher gehen. Der Wind streicht über ihr Gesicht, über sein Gesicht. Die Schritte sind im Gleichtakt. Ein Ast. Sie stolpert, ihr Schritt stoppt. Seiner stoppt mit. Sie stehen. Schauen auf.

»Dieser Wind!« Wer es sagt, ist egal. Sie gehen weiter. Zufälliges Berühren der Hände im Gehen. Es durchfährt sie. Eva schaut. Er auch. Sie stehen. Da nimmt er sie einfach in den Arm. Dann sie ihn. Oder umgekehrt?

Der Wind streicht über ihre Gesichter. Sie stehen eng beieinander. Immer enger. Sie hört sein Herz pochen – und sie denkt, er hört ihr's.

»Du, Martin, ich mag dich.« Und noch mal: »Du, Martin, ich mag dich.«

»Das muss einen erst ganz durchdringen«, sagt er. »Wie ein Ohrwurm, bis das Gefühl so ganz in dir innendrin ist, bis in den kleinen Zeh.«

Und er erzählt ihr, dass er sie schon lange mochte, sie immer wieder gesehen habe, aber es nicht gewagt habe, sie anzusprechen. Er habe oft phantasiert, wie es mit ihr wäre, aber wenn er sie gefragt hätte und sie hätte Nein gesagt, dann – er schaut sie an – wäre für ihn ein Stück Welt untergegangen und auch ein Stück von ihm selbst.

»Warum sind die Menschen so seltsam? Warum sagen sie nicht einfach: ›Du, ich mag dich! Kann ich dich kennen lernen?‹«, fragt sie ihn.

»Weil sie Angst haben, weil sie, wenn der/die andere Nein sagt, ganz verlassen sind.«

»Trotzdem. Sollte man es nicht einfach tun? Sollten wir alle nicht viel ehrlicher sein mit unseren Gefühlen, ehrlicher und verletzlicher, aber auch reicher dann?«

»Wir wollen ehrlich zueinander sein«, schlägt Martin vor.

Eva bleibt stehen, nimmt seine Hand. »Und verletzlicher.« Sie schaut ihn an.

Er nimmt ihre Hand.

»Du, Eva«, sagt er.

»Ja, Martin?«, fragt sie.

»Du, Eva«, sagt er, »wenn das, was ich fühle, Liebe ist, dann denke ich, dass ich dich liebe.«

»O Martin, du lieber Denker«, sagt Eva, »du lieber komplizierter Denker.«

Es ist bereits dunkel, als Eva heimkommt.

6

Evas frisch gebadeter Rotznasenbruder Peer läuft ihr schon an der Tür entgegen, und aus Mamas Zimmer, das nach vorne zur Straße geht, stürzt ihre neunjährige Schwester Lucy – Eva verschlägt es die Sprache – mit einem Fernglas um den Hals.

»Siebzehn Minuten habt ihr euch geküsst«, kräht sie und Rotznase johlt: »Wie im Fernsehen geküsst, geküsst, geküsst«, und das Wort scheint auf ihn magische Reize zu haben, denn er beginnt sich mitten im Zimmer zu drehen und zu tanzen.

»Wie im Fernsehen waren die Küsse«, sagt Lucy, das Biest, »richtig mit Zunge und so.«

»Jetzt reicht's aber«, geht Papa dazwischen, und Mama kommt die Treppe runter und schnappt sich den Kleinen.

»Wird auch Zeit, dass du zurückkommst«, wirft sie kurz ein, während sie ihm das Gesicht eincremt.

»Wieso?«

»Du weißt schon.«

»Du weißt schon« ist eine typische Mama-Antwort, wenn sie sauer ist, dann schmettert sie ihr alles, was so aus Auseinandersetzungen oder irgendwelchen Mutter-Tochter-Kämpfchen der letzten Zeit übrig geblieben ist, wie eine Keule einmal – peng – über die Rübe, und schon hat Eva ergeben angepasst zu nicken und völlig schuldbewusst und geknickt die brave kleine Tochter zu sein, die natürlich nicht widerspricht. Was sollte sie auch schon gegen diese mütterliche Sammelkeule vorbringen? Ein Nichts ist sie – und Mutter sitzt da. Mutter sitzt da in ihrem Mamakorsett, in ihrem Erziehungskorsett. Unbeweglich, hart, wie ferngesteuert und steuert selbst weiter, oder erzieht, wie sie das nennt.

Aber nicht mit Eva. Heute nicht, morgen nicht und überhaupt nicht mehr!

Eva dreht sich auf dem Absatz um, lässt Vater, Mutter und versammelte Rotznasen in der Diele stehen, geht entschiedenen Schrittes, ohne den Kopf zu wenden, wortlos die Treppe zu ihrem Zimmer hinunter, öffnet ihre Zimmertür, schließt sie – peng! Haben das auch alle vernommen? – und atmet erst einmal tief durch.

In ihrem Kopf dreht sich ein ungeheurer Martin-Kuss-Umarmungs-Rotznasen-du-weißt-schon-und-Liebeswirbel.

Eva wirft sich auf ihr Bett, das völlig bedeckt ist von einem Wust von Jeans und Pullovern, dazwischen all die fetzigen Socken, die sie heute vor ihrem Treffen mit Martin anprobiert hat, und herausgerissene Blätter aus ihrer Geschichtsmappe, weil sie heute Nachmittag zwischen allem anderen versucht hat, sich die theoretischen Hintergründe der Französischen Revolution ins Hirn zu knallen, denn morgen wird der Steinzeitmensch, das ist ihr Geschichtslehrer, erbarmungslos mitten in ihre gähnenden Löcher von Nichtwissen hineinfragen und nach dem Test bestimmt ihr Blatt mit spitzen Fingern in der Luft schwenken und mit trockener Stimme fragen: »Ist das alles, was Sie zu bieten haben, mein Fräulein?« – und vielleicht noch hinzusetzen: »Man kann ja nicht alles haben: Starfrisur, Starfigur, lackierte Nägel und dann noch was im Hirn.«

Dieser Traum einer umfassenden historischen Bildung (zumindest, was die Französische Revolution betrifft) dürfte für heute ausgeträumt sein.

Stattdessen wirft sie sich aufs Bett, nachdem sie die Kleider zur Seite geschoben hat, heult kurz auf beim Gedanken an ihre gefühllose Großfamilie, denkt an Martin, springt hoch, stößt ein lautes jubelndes »Juchhu!« aus und lässt sich im Schneidersitz auf den Boden vor ihrem Bett, die einzige freie Stelle auf dem Fußboden ihres Zimmers, fallen.

Meditationshaltung.

Wirklich, sie kommt zur Ruhe. Sie denkt an Martin, sie denkt an Mama. Ihr Blick fällt auf ein Blatt Papier auf dem Boden, ein Gedicht, das sie am Sonntag nach der Party geschrieben hat. Eigentlich sollte es das Liebesgedicht aus dem Schwur in der Englischstunde sein, aber dann ist dieses daraus geworden:

In meinen schönsten Träumen:
Ich schwebe, die Wolken sind nicht weit,
der Himmel verleiht mir ein freies Gefühl,
endlich mal durchatmen dürfen.
Die Welt, so grausig sie scheint, liegt unter mir.
She doesn't exist any more.
I'm free for the first time in my life.

I'm able to breathe,
*I am alone, but do I feel lonely?**

Eva hängt es mit einem Klebestreifen an ihre Tür.

Später wühlt sie in den Bergen auf ihrem Schreibtisch, angelt den mausgrauen Lateinschinken heraus, legt die Augenbrauenpinzette, die als Lesezeichen drin steckte, wo sie mal versucht hat richtig zu lernen, zur Seite und wühlt so lange weiter, bis sie ihr Arbeitsheft Latein (mit einem Eselsohr), ihr Bild für Kunst mit einem hellblauen Puderfleck mitten in der weißen, besonders aussagekräftigen Fläche und schließlich ihr Gedichtbuch mit Liebesgedichten findet. Darin lullt sie sich ein, denkt an heute Nachmittag und geht später ins Bad.

Erinnerungsfetzen huschen mit der Seesand-Mandelkleie über ihr Gesicht, beim Zähneputzen entdeckt sie einen Knutschfleck am Hals, mit Mamas Feuchtigkeitscreme für die Nacht kehrt ihr Lächeln wieder, und als Mama klopft, lässt sie sie sofort rein, murmelt das übliche »Gute Nacht«, kuschelt sich in ihr Bett, nachdem sie es ganz leer gewischt hat, träumt von Martin, schreibt ihm einen Traum- und Sehnsuchtsbrief, liegt dort, ein Film läuft in ihrem Kopf ab, sie streichelt sich, Phantasien blitzen auf, ihr Körper zuckt vor Sehnsucht, sie streichelt sich überall und schläft schließlich mit einem Lächeln und dem ganzen Arm voll von seligen Gedanken und Gefühlen, die durch sie hindurchrieseln, ein.

7

»Na, wie war's?«, fragt Lisa, ihre beste Freundin, am nächsten Morgen in der Schule. »Hättest ja mal anrufen können.« Sie war krank und konnte deswegen auch nicht auf die Party gehen.

Verflixt, die Lisa hatte sie völlig vergessen. Eva ist fast ein wenig überrascht, als sie heute wieder auf ihrem Platz neben ihr sitzt.

»Hast 'n jeden Tag getroffen?«, ruft der Otto dazwischen.

»Und wenn, geht's dich nichts an!«

Haben die doch schon wieder alle gequatscht. Verflixt!

Jetzt ist es zu spät, um mit Lisa zu sprechen, denn Tante Misi, die Mathelehrerin, kommt schon herein, vorne platt und hinten platt wie ein Lineal. Sie wird ausgesprochen ungemütlich, wenn man in ihren Stunden nicht unentwegt bei der Sache ist. Und nach der Mathestunde gleich Geschichte beim Steinzeitmenschen mit seiner Französischen Revolution. Siedend heiß fällt Eva der Test wieder ein.

»Hast du 'nen Spickzettel für den Geschichtstest?«, fragt Eva leise.

»Ja«, flüstert Lisa und steckt ihn ihr zu.

Den wenigstens will Eva sich abschreiben. Beginn der Revolution 1789, braucht sie wahrscheinlich nicht, weiß sie auch so. Die Hintergründe sind wichtig. Wer bereitete das Ganze gedanklich vor? Welche Schriften? Welche

Männer? Freiheit, Gleichheit, Brüderlichkeit. Aber da steht Tante Misi vor ihr. Tante Misi in ihrer ganzen Länge. Bedrohlich beugt sie sich über die Bank. Sie versucht Evas Zettel zu konfiszieren, aber da ist Eva schneller. Pech gehabt, Tante Misi!

»Und was kommt heraus, Eva?«, fragt sie.

Eva sieht eine Kreissegmentsrechnung an der Tafel, aber wie von selbst kommt etwas anderes: »1789«, schießt es aus ihr heraus. Die Klasse brüllt vor Lachen.

»Wir rechnen in Mathematik nicht mit Geschichtszahlen«, sagt Tante Misi, grinst aber dabei. Sie hat trotz allem einen diskreten Hintergrundhumor.

Eva muss ihre Spickzettelanfertigung auf die Pause verschieben, denn wenn Tante Misi einen auf dem Kieker hat, dann entgeht der in der Stunde nicht mehr ihrer Aufmerksamkeit. Dabei wollte sie auch noch einen Brief an Martin schreiben!

Französische Revolution, Martin im Kopf, die neugierige Lisa neben sich, Tante Misi vor sich und die Lateinaufgabe unter der Bank (die hat sie heute früh nicht mehr geschafft} – das ist sogar für sie zu viel. Obwohl sie schon ein gutes Training darin hat, immer mehrere Dinge gleichzeitig zu machen und die Schulstunden vielseitig zu nutzen. Aber Training ist Training, und was zu viel ist, ist zu viel.

»Schon geküsst?«, fragt Lisa in der Pause. Sie stehen am Rand des Schulhofes, hinter ihnen am Zaun lehnen der Otto, Frieder, Bernd und Bammel – die Clique, mit der sie immer zusammen sind. Jetzt auf einmal kommen sie ihr total kindisch vor.

Eva nickt. Hilfe, jetzt darf Lisa bloß nicht fragen: »Wie denn?«, dann dreht sie durch, dann weiß sie nämlich, dass sie hier in diesem total kindischen Haufen keinen mehr hat! Und auf einmal spürt sie, dass sie durch Martin jetzt fast wie auf einer Insel ist – weit weg von allen, einsam, allein – und dass diese Einsamkeit eine neue Seite ihrer Liebe zu Martin ist. Aber Lisa fragt nicht: »Wie denn?« Das ist schon fast so etwas wie eine Brücke zu ihrer Insel.

Lisa ist halt ihre Freundin, die für diese Einsamkeit ein Gefühl zu haben scheint. Sie hat vor kurzem mit einem Jungen, mit Benny – den hatte sie im Urlaub kennen gelernt – zum ersten Mal etwas gehabt. Sie war aber ziemlich enttäuscht. Der wollte nur eins, sagte sie. Und als sie das merkte, wollte sie nicht. Alles andere interessierte nicht. Und das sei keine Liebe.

»Du bist wohl völlig verliebt!«

»Ja«, seufzt Eva. Sie ist aufgeregt, sie hat fast Bauchschmerzen, sie muss immerzu an Martin denken. Ob er auch so ist wie dieser Benny? Bestimmt nicht. Und wenn er so ist, was mach ich dann?

Es klingelt. Lisa knufft sie in die Seite und reißt sie aus ihren Gedanken. Mist, sie hat ihre Lateinvokabeln für die Übersetzung immer noch nicht herausgeschrieben!

8

Dann ist Martin eine Woche auf Klassenfahrt. Eva schreibt ihm vier Briefe, Martin schreibt ihr drei Briefe. Er wäre am liebsten gar nicht gefahren, obschon er sich vorher so gefreut hatte, schreibt er. Und obwohl sie auch surfen.

»Eva«, schreibt er, »meine liebe, kleine, große, fetzige, blau besockte, stupsnasige, kraushaarige, sommersprossige, liebe, große, kleine, wilde Eva.

Das Surfen ist klasse hier, aber nichts gegen dich.

Wenn ich das Meer sehe, denk ich an dich.

Deine Augen sind genauso klar.

Wenn ich Beethoven sehe, denk ich an dich.

Deine Haare sind so kraus wie seine.

Wenn ich einen Stein sehe, denk ich an dich.

Wenn ich jemanden lachen höre, denk ich an dich.

Wenn ich jemanden weinen höre, möchte ich mitheulen.

Eva! Eva! Noch 142 Stunden und vielleicht 32 Minuten und 58 Sekunden, dann seh ich dich wieder, und dann werde ich dir einen siebeneinhalbminütigen Liebeskuss geben (jetzt nur noch 142 Stunden und 30 Minuten und 32 Sekunden).

Dein Martin.«

Und in dem anderen, ganz besonderen Brief schreibt er:

Wenn ich das alles noch mal
im Zusammenhang betrachte,
sind es doch alles Wünsche.
Wünsche aus der Phantasie,
Wünsche aus der Realität.
Jetzt kann ich richtig in mich hineinsehen,
was ich eigentlich für ein Mensch bin.
Ob ich ein phantasievoller Mensch bin
oder ob ich ein Realist bin.
Ich denke, man sollte
sich nicht oberflächlich betrachten.
Die wichtigste Seite im Menschen
ist das Innere,
auch das, was man fühlt.
Und das hab ich durch dich kennen gelernt,
wie in einem Spiegel seh ich mich:
mich in dir, dich in mir!

Eva trägt Martins Briefe immer bei sich, auf dem Herzen, genauer gesagt auf dem Bauch. Und manchmal hat sie auch Zweifel. Vielleicht hat er mich jetzt doch schon vergessen. Die Zweifel bohren in ihr, bis dann der nächste Brief kommt.

Otto hat am Mittwoch nach der Schule hinter ihr hergerufen: »Na, ist küssen erotisch?«

Wie die Kleinkinder kommen sie ihr vor! Aber dann schaut Eva doch nach, was dieses Wort »erotisch« wirklich bedeutet.

»Erotisch« ist eigentlich die geistige Seite der Liebe, aber das ist nicht das, was der blöd-kindische Otto gemeint hat. Für ihn ist »erotisch« das Sexuelle. »Eros«, liest Eva, »war der griechische Gott der Liebe, der Gott, der nach dem Chaos und der Erde als Erster erstanden ist.«

Ob »Eros« auch mit dem Chaos noch zu tun hat? Denn noch nie hat Eva sich dem Chaos so nah gefühlt wie jetzt.

Eva hat nie Schwierigkeiten gehabt, sich in der Schule zu konzentrieren. Jetzt auf einmal muss sie immerzu an Martin denken. Sie war ruhig, gelassen – alles ist auf einmal anders. Die ganze Welt hat sich für sie verändert, ist zu einem großen, lächelnden, turbulenten, spannungsgeladenen Erdball geworden.

Als Eva heute von der Schule nach Hause kommt, liegt direkt hinter der Haustür wieder mal Lucys Sportzeug. Fast wäre sie drüber gestürzt. »Verfluchte Lucy!« Sie hat die Angewohnheit, immer alles direkt hinter der Tür zu parken – Schultasche, Sportzeug, Turnschuhe, Schuhe, alles liegt da.

Nach dem ersten Wutschrei steigt Eva heute mit einem Lächeln drüber und geht ins Badezimmer. Sie kann es kaum erwarten, Martins Stimme wieder zu hören und ihn wieder zu treffen. Er will sich heute Nachmittag melden.

Erst will sie in die Badewanne. Sie will ein Badefest machen. Sie will Martins Rückkehr von der Klassenfahrt feiern. Sie holt alle Schwimmkerzen, die sie von Lucy zu Weihnachten bekommen hat, und setzt sie auf das Wasser. Es sieht schön aus. Mit den Kerzen schwimmen auch ihre Hoffnungen und Träume und Wünsche. Ein großes Tuch aus Licht und Wolken und Wärme liegt über dem Wasser. Es ist ein bisschen dämmrig im Bad, weil es nur ein kleines Fenster hat. Die Kerzen scheinen, flackern, malen Schatten auf die Wand, Gespenster. Martin. Sie schließt die Augen. Da kann sie besser träumen …

In dem Augenblick poltert Peer rein, will nur Pipi machen, hat die Hose schon auf. Badezimmerschlüssel gibt es bei ihnen nicht, damit die Kleinen sich nicht einschließen können.

»Raus!«, schreit Eva. »Raus!«

»Ja, ja«, sagt Peer, »ich muss ja nur.«

»Raus!«, schreit sie erbarmungslos. Irgendetwas muss sie doch mal für sich haben! Verflixt. »Geh aufs Gästeklo!«

Da rennt er raus, beleidigt. Die Tür knallt.

Und die Feier- und Traumstunde ist im Eimer.

Sie stellt sich nackt vor den Spiegel. Sie überlegt, wie jemand anderes sie sieht. Komisch, dass die Menschen andere nur so von außen sehen können. Dass wir uns selbst nur mit einem Spiegel sehen können. Ob das Absicht ist, dass die Selbstwahrnehmung eines Menschen völlig anders läuft als die Wahrnehmung durch einen anderen?

Wie Martin sie jetzt wohl sehen würde? Was würde er zuerst sehen? Was ist für ihn wichtig? Was am wichtigsten?

Sie sieht sich: Sie ist ziemlich dünn, hat eine flache Brust, ziemlich breite Knochen, breite Handgelenke. Hat ihr Papa auch. Aber sie hat affenlange Arme, schon seit zwei Jahren. Das findet sie bescheuert. Ihre Schamhaare sind sehr dunkel, dunkler noch als ihre Haare. Wie Martin sie wohl finden würde? Sie holt den Handspiegel, schaut sich auch von unten an. Wenn man etwas selten sieht, sieht es seltsam aus: so auch ihre Schamlippen. Sie sind so schrumpelig. Sie zieht sie auseinander. Komisch, dass sie *Scham*lippen heißen. Ob sie sich da schämen muss? Aber warum? Das ist sie! Oder ob sie einfach so heißen, weil da eine Grenze ist für die Scham? Und an oder hinter diese Grenze darf nur sie gehen – oder ein ganz naher, vertrauter, geliebter Mensch!

Mama klopft an die Tür und ruft: »Eva, Telefon! Martin!«

Sie rennt, so schnell sie kann, nach unten. Endlich!

Das Gespräch fällt kurz aus, denn er will gleich zu ihr kommen. Und das ist noch schöner als telefonieren.

Mama fragt grinsend, ob sie denn vorher noch etwas anziehe. Da merkt sie erst, dass sie nackt ist.

9

Soll sie sich doch lieber die Schlabberjeans anziehen? In den engen kommt ihre Figur besser raus. Aber die Schlabberjeans, die sind mehr sie. Oder? Und der Pickel, an dem sie vor zwei Tagen gedrückt hat, blüht wie ein einsamer Stachelkaktus mitten auf der Stirn.

Überschminken? Da ist Mamas Make-up am besten. Ihr Abdeckstift taugt nichts. War vielleicht zu billig. Sie bearbeitet ihre Stirn – passabel – und jetzt noch die Augen. Evas Augen sind groß, schwarz bewimpert, zufrieden stellend. Sie übt den verführerischen Augenaufschlag. Na ja.

Haare hinter die Ohren? Oder davor, einfach flattern lassen? Sie hat nicht gerade die ausgefallensten Knusperohren für ohrkusssüchtige Knaben.

Martin, der Gedanke allein bringt einen Glücksschimmer in ihr Gesicht. Sie sieht jetzt ganz passabel aus. Und wenn sie sich vorher häufig als kleine graue Maus verachtet hat, so fühlt sie sich jetzt auf einmal *wert!*

Die Kleiderfrage ist immer noch nicht gelöst: Schlabberjeans, Minirock oder die neuen Röhrenjeans.

Nachteil der neuen Röhrenjeans: Sie sind oben sehr eng. Sie hat entweder mal wieder an Gewicht zugelegt (seufz) oder aber sie hat sie zu eng gekauft. Mama hat gesagt: »Nimm die größere«, aber was verstehen Mütter schon davon? Knackeng ist knackeng und schlabber ist schlabber, und dazwischen spielt sich nichts ab.

Oje, es klingelt. Wenn er schon da ist! Ihr ganzes Bett liegt noch voller Klamotten! Sie öffnet den Kleiderschrank, macht einmal wutsch und noch einmal wutsch und befördert sämtliche auf ihrem Bett lagernden Kleidungsstücke in das Schrankinnere, das wegen der bereits vorhandenen hineingestopften Sachen fast überquillt, doch sie bekommt die Tür noch zu. Knapp, aber zu. Jetzt nach oben! Sie hört Stimmen! Martins Stimme? Verflixt, wenn Lucy ihn abgefangen hat! Aber es ist nicht Martins Stimme. Ist wohl der Handwerker, auf den Mama gewartet hat.

Jetzt klingelt es wieder. O Gott, jetzt steht die halbe Familie in der Diele: Lucy, Peer, Mama und der Handwerker noch dazu. Aber Mama versteht. Die ist in solchen Sachen schnell und verlässlich. Sie nimmt Lucy beim Kragen (das muss man schon), Peer an der Hand und den Handwerker führt sie in den Keller zu ihrer Waschmaschine. Die Diele ist leer. Eva öffnet die Tür. Und da steht Martin.

»Hallo.« Er wird ein bisschen rot.

»Hallo.« Eva merkt, wie sie ebenfalls vor Freude rot wird.

Er sagt etwas. Sie antwortet. Sie weiß nicht, was. Ihre Stimme klingt wie ein Reibeisen. Heiserkeit, Raucherbass, Frosch im Hals. Der Kopf glüht. Sie kann wahrscheinlich für Osram Reklame machen. Osram-Intensivbirnen, die sparsame Lösung für den effektiven Haushalt.

Sie stehen bloß da und glotzen sich an. Da kommt von hinten das erlösende Wort. Mama. Sie schüttelt Martin die Hand, führt ihn rein, zeigt, dass sie sich freut, und geht dann wieder. Der Bann ist erst einmal gebrochen.

»Schön habt ihr's hier«, sagt Martin. Sie geht vor ihm her die Treppe hinunter. Ob er sie von hinten mustert? Ob er auf ihre Wuschelhaare schaut? Ob er merkt, wie aufgeregt sie ist?

Sie stehen in ihrem Zimmer. Sie hat von da einen wunderbaren Blick in den Garten. Martin bleibt eine Sekunde stehen, schaut. Sie schließt die Tür. Dann kommt er auf sie zu und berührt ihre Hände. Sie schauen sich an, er legt beide Arme um sie. Sie nähert sich seinem Gesicht direkt vor ihr. Sollen sie sich küssen? Ja. Sie küssen sich. Lange. Ihre Arme schlingt sie dabei um seinen Hals. Sie fühlt Martin ganz nah bei sich.

»Endlich«, sagt er, »endlich seh ich dich wieder.«

Sie versinken in einer neuen schweigenden Umarmung. Wenn da nicht das Telefon gegangen wäre und Peer sie nicht gerufen hätte, wären sie sicher noch lange so dagestanden.

Aber sie muss zum Telefon. Ihre Klavierlehrerin ist dran. Sie will die morgige Stunde bestätigen, nachdem sie zweimal krank war.

Eva sagt zu, hat jetzt aber keine Lust, sich lange mit ihr zu unterhalten, über ihre Krankheit, über Evas (nicht vorhandene) Fortschritte oder ähnlich spannende Dinge. Eva sagt schnell »tschüss« und hängt ein.

Als sie in ihr Zimmer zurückkommt, sitzt Martin auf ihrem Bett. Oder auf dem, was sie so Bett nennt. Sie haben nämlich alle einen schönen alten Bauernschrank im Zimmer, dazu wollte sie damals eine breite Matratze auf dem Boden, einen Glasschreibtisch und ein modernes Bild, das Pa und Ma ihnen vor einem Jahr zu Weihnachten geschenkt haben. Sie hat eins von Otmar Alt. Daneben hängen drei Bilder, die sie selbst gemalt hat.

Martin sagt, dass er ihr Zimmer mag. Dann fragt er plötzlich: »War das eben zu schnell?«

Eva versteht nicht.

»Weißt du«, sagt er, »das kommt einfach so.« Er schaut sie an. »Eigentlich will ich ganz vorsichtig sein, und dann muss ich dich einfach sofort umarmen.« Er lacht verlegen.

»Ach Martin«, sagt Eva nur und drückt ihn an sich.

Er streichelt sie wieder und sagt noch einmal, er wolle vorsichtig sein, das habe er sich vorgenommen. Er lacht und nimmt sie dabei ganz fest in den Arm, lässt die Hände über ihren Rücken wandern, bis nach vorne, bis er ihre Brüste berührt.

»Ja«, sagt sie nur. Da krabbelt er unter ihren weiten Pullover und streichelt über ihre Brüste und küsst sie.

Wer das noch nicht erlebt hat, der weiß nicht, wie schön es ist, denkt sie. Und dass da plötzlich alles da ist. Sie, der ganze Mensch.

Sie umarmt ihn. Ihre Hände wandern von oben nach unten. Sie stocken, bleiben stehen.

Denn im selben Augenblick sieht sie durch das Fenster draußen ihre Brüder im Garten tollen. Wenn sie rausschauen kann, dann können die auch reinschauen. Sie haben nämlich keine Gardinen. Das ist das erste Mal, dass sie das bereut.

Er hat gemerkt, dass sie abgelenkt war, fragt: »Was ist?« Sie zeigt nach draußen.

Sie lassen sich langsam auf ihr Bett fallen, lassen sich wieder los.

Sie schauen sich an. »Du, ich liebe dich«, sagt sie, und das hat sie noch niemandem gesagt.

»Ich glaube, ich liebe dich auch«, murmelt er.

«Warum sagst du immer: ich glaube?«, fragt sie.

»Kann man sich seiner Gefühle sicher sein?«, fragt er.

»Nein«, sagt sie, »wohl nicht.« Weil wir es nicht gewohnt sind, damit umzugehen, denkt sie. Logisches Denken, Ableitung, Kombination – alles lernen wir, auf jeden Fall in der Schule, aber nichts über Gefühle, keine Worte, wenig Gesten, und nichts wird bewusst gemacht.

Sie sagt ihm, was sie gerade gedacht hat.

Er streichelt ihr übers Gesicht. »Ich mag es, wenn du so sprichst.«

»Ich mag dein Denken, dein Nachdenken.«

»Ich möchte dich jetzt küssen.«

Eva will ja auch – eigentlich –, und doch ist da etwas in ihr, das noch nicht mitmacht, und als Martin seine langen Arme um ihren Oberkörper knotet, als er seine Lippen ganz langsam ihren nähert, als ihre Atem sich ineinander vermischen und Eva mit aufgerissenen Augen auf Martins jetzt hautnahes Gesicht starrt, da liegt sie immer noch stocksteif da, schaut, versucht zu fühlen, aber da sperrt sich noch etwas.

Martin ist in Evas Mund mit seiner Zunge.

Meine Plombe, denkt Eva und: Hab ich überhaupt Zähne geputzt?

Da unterbricht Martin den Kuss. »Was ist denn?«, fragt er. »Ich wollte dir einen richtigen Kuss geben, keinen ehelichen Sparkuss.«

Es ist so komisch, denkt Eva, aber das kann man doch nicht sagen. Kann ich ihm sagen, dass ich auch Angst habe?

Martin streichelt ihr über die Stirn. Das tut gut. Martin gleitet wieder mit der Zunge durch ihre Lippen in ihren Mund.

»Gib deinem Gefühl nach«, flüstert er, lispelt es mehr, weil man mit ausgestreckt küssender Zunge nicht so gut sprechen kann.

Wer meint, dass Küssen sofort schön ist, der hat sich geirrt. Es ist erst etwas total Fremdes, das da plötzlich ist und mit dem man langsam warm werden muss. Aber das dauert, bis man es wirklich als schön empfindet. Solche Gedanken schwirren durch Evas Kopf und: Jetzt musst du die Augen schließen, Eva, sagt sie zu sich, und als dann die Bilder verschwinden und Eva nur noch ein Flimmern unterm Augenlid wahrnimmt, das einem Dunkel-Unbestimmten weicht, da schaltet sie um, weg von Angst, Außen und Sorge. Und als sie dann wirklich Martins Zunge auf einmal liebevoll durch ihre Mundhöhle streicheln fühlt, da tastet sie mit ihrer Zunge neben seiner langsam vor bis zu den Lippen, über die Lippen hinaus bis zu den Zähnen, über die Zähne hinaus bis in eine große, warme Martinmundhöhle, in der sich ihre Zungen jetzt nebeneinander zu stellen scheinen, als beginne ein Tanz und ein Wirbel der beiden untereinander, miteinander um einen geheimen Punkt herum, den zu nennen keiner weiß, der aber auf einmal die Fremdheit abfallen und ein weiches, warmes Gefühl aufkommen lässt, das sich vom Innern ihres Mundes in Wellen über den Körper ausbreitet, das die Haare zum Stehen, die Augenlider zum Flimmern, die Arme zum immer schnelleren Streicheln steigert und das Eva jetzt plötzlich das Gefühl gibt, ganz warm zu sein, ganz zusammen zu sein mit Martin. Ein Gefühl, das über Minuten und Sekunden hinaus eine Tiefe gibt, ein Ja, ein Stück mehr, das Eva bisher nicht gespürt hat.

Ist das Liebe? Geht Liebe so? Oder ist das der erste kleine Anflug, der sich noch steigert, der Mund und Kehle und Körper zum Brennen bringt?

Martin knotet seine Arme auseinander. Martin lässt seine langen Arme mit den langen Händen über Eva spazieren gehen. Eva antwortet. Spaziergang der Hände zusammen bis in die Achselhöhlen, bis in die Fußspitzen und bis hinter die Ohrmuscheln. Gemeinsames Suchen.

Plötzlich klopft es an der Tür. Mama.

»Kommst du mal, Eva?«

Eva schaut hoch und merkt, dass es stockduster ist. Sie wuschelt ihre Haare in Form, zieht ihre Kleidung zurecht, geht zur Tür.

»Oje, ich muss gehen«, sagt Martin im Hintergrund. Er hat auf Evas Wecker gesehen, wie spät es ist.

Mama ist bereits wieder zu ihrer abendlichen Weinstunde mit Papa verschwunden.

Martin und Eva verabschieden sich. Martin schwingt sich auf sein Rad.

Zwischen Vater und Mutter zwei Gläschen Wein, eine halb leere Flasche. Die Stimmung: in Wein getunkt, locker und löchrig, unzuverlässig und durchsetzt von unguten Gefühlen.

»Muss das denn so lange sein?«, fragt der Vater.

Die Mutter nickt viel sagend. »Warum macht ihr kein Licht an, was sollen denn die Kleinen denken, wenn sie rufen: ›Mama, die spielen im Dunkeln!‹?«

Vorwürfe, die auf einem Weinteppich schwimmen, der sie eigentlich wegspülen soll. Vorwürfe, die sie sich selbst nicht eingestehen, hinter denen aber ihre eigene sexuelle Verklemmtheit grinst mit erhobener Pranke und gleich zuschlagen kann. So ein Theater! Jetzt auf einmal sind sie so verklemmt, jetzt, wo es um Eva geht. Eva wusste gar nicht, dass ihre Eltern so spießig sind!

Eva sagt: »Wir haben gar nicht gemerkt, wie spät es geworden ist.«

»Das ist es ja«, sagt der Vater, »das merkt man doch! Man kann sich doch nicht völlig gehen lassen.«

Eva schaut den Vater erstaunt an, ihren Papa. Rollt mit den Augen. Was ist mit Papa? Was hat der auf einmal? Der ist doch sonst nicht so. Ihr verständnisvoller Papa. Papa verliert Töchterchen! Klassisches Drama, 1. Akt: Der Konflikt wird geschürt. Eifersucht als Kehrseite der Liebe steigt brodelnd an die Oberfläche …

Aber da schaltet sich Mama ein: »Ist schon gut, Jossy.« Und zu Eva sagt sie: »Wir sprechen morgen noch mal drüber.«

Muttergespräche. Ein Grauen. Ein Geflecht aus Sorgen, Nichtzutrauen, Freundlichkeit, Vertrauen, Misstrauen, mit je einem Schuss Ehrlichkeit, aber auch einer Unehrlichkeitsprise bei allem, was sie selbst nicht durchschaut oder vor dem sie doch angstvoll-unehrlich stehen bleibt.

Solche Muttergespräche. Ein Graus. Aber immerhin ist damit erst mal dieses Gespräch beendet.

Sie nickt. Morgen ist morgen, denkt sie, schiebt das Muttergespräch auch innerlich auf morgen, sagt: »Gute Nacht.«

Und »Gute Nacht« soll auch »Gute Nacht« sein, denn jetzt denkt sie erst mal an Martin.

Sie legt sich hin. Das Betttuch und das Kopfkissen riechen noch nach ihm. Er liebt sie.

»Love me tender«, die Elvis-Melodie, die Melodie, die bei der Party gerade lief, als sie sich zum ersten Mal richtig anschauten.

Sie wühlt in ihren CDs. Sie findet die Elvis-CD. Sie legt sie ein. Sie macht nicht extra Licht an, zieht sich im Dunkeln aus. Elvis tut gut. »Love me tender« ist eine gute Melodie zum Träumen. Love me tender. Sie streichelt sich da, wo Martin sie eben gestreichelt hat. Noch der gleiche Duft, noch die gleiche Dunkelheit, die sie umhüllt.

Sie schläft ein. Elvis singt weiter: »In the Ghetto«, das ist trauriger. Aber sie hört es nicht mehr.

Der Vater kommt noch einmal herein. Er kommt jeden Abend in jedes Kinderzimmer, steht kurz am Bett, streichelt über den Kopf und geht wieder. Heute steht er etwas länger an Evas Bett, zögert und denkt nach. Und Elvis singt leise: »It's now or never.« Der Vater mag das Lied. Er streichelt ihr über den Kopf, lauscht der Musik und lächelt. »Are you lonesome tonight?«, fragt Elvis. Der Vater stellt die Musik vorsichtig aus, schließt leise die Tür.

10

Am nächsten Morgen steht Eva früh auf. Sie schreibt heute eine Deutscharbeit und will sich noch vorbereiten.

Interpretation. Jetzt ist Vorbereitungsstunde. Gestern war Martinstunde, Streichelstunde. Eva meint, dass da immer noch so etwas wie ein zarter, weicher Teppich aus Duft und Dunkel und Zärtlichkeit von Martin ist. Aber jetzt ist Vorbereitungsstunde. Das offene Buch liegt vor Eva auf dem Schreibtisch.

»Sturm und Drang« steht da.

Martin, denkt Eva. »Sturm und Drang« steht da. Und »18. Jahrhundert« steht da.

»Ein neues Lebensgefühl«, liest Eva, »eine neue Erfahrung des Menschen.« Martin, denkt Eva, »... schöpferische Kraft. Das leidenschaftliche Gefühl durchdrang alles«, steht da. Da legt Eva das Deutschbuch beiseite und denkt an Martin und an das leidenschaftliche Gefühl. Sie schreibt einen Brief an Martin über »das leidenschaftliche Gefühl«.

Und in der Deutscharbeit schreibt Eva auch über das leidenschaftliche Gefühl. Aber sie schreibt über *ihr* leidenschaftliches Gefühl, und der Deutschlehrer findet bei der Besprechung der Arbeit ein paar Tage später, dass das nicht das gleiche leidenschaftliche Gefühl ist wie das des Sturm und Drang. Er gibt ihr die Arbeit zurück. Eva klappt das Heft auf.

Lisa schielt hinüber und ruft: »Ach du dicker Vater!«

Das steht da natürlich nicht, sondern da steht in gestochenstem Lehrerdeutsch etwas von subjektiver Färbung, von paraphrasierenden Elementen, die keine Distanz zum Text enthalten, von reduziertem Sprachgestus, von Nichtanwenden textspezifischen und interpretatorischen Vokabulars, und ganz am Schluss thront dick und fett, als Überschrift fast für die nächste Seite, ein *Mangelhaft* mit der Signatur von Dr. Knurr.

Martin, denkt Eva. Und auf irgendeine Weise ist sie gar nicht berührt. Sie weiß ziemlich sicher, dass sie es beim nächsten Mal besser machen kann. Sie klappt das Heft zu, steckt es in die Tasche und schaut Dr. Knurr an, der auf und ab geht und wartet, ob die Schüler Fragen haben zu dem, was sie gerade von ihm rot auf weiß vor sich liegen haben. Eva hat keine Fragen, nicht dazu.

Dr. Knurr wendet sich an Eva. »Beim nächsten Mal wird es wieder besser«, sagt er. »Das ist ein Ausrutscher.«

»Eva hat nämlich einen Freund«, schreit der Bastmeyer Erwin mit immer noch pubertärer Kratzerstimme von hinten. Der soll sich da raushalten, der Erwin. Was geht das den Dödel an? Eva schaut sich in der Klasse um. Pubertäre Kleindenker. Und mittendrin muss sie sitzen, in so einem Haufen! Vor Evas Augen ist auf einmal ein Tränenvorhang, und dahinter erscheint noch einmal verschwommen und fett das Knurrsche *Mangelhaft*.

»Wie merkst du eigentlich, dass ihr euch liebt?«, flüstert Lisa ihr am nächsten Morgen während der Lateinstunde zu.

»Das merkt man einfach, du Dödel.«

Aber die Frage wurmt Eva doch. Sie wurmt sie sogar so sehr, dass sie sie am Mittag, als sie nach Hause geht, noch im Ohr hat: »Wie merkst du eigentlich, dass ihr euch liebt?«

Um in Ruhe darüber nachdenken zu können, geht sie erst mal an der Eisdiele vorbei und holt sich eine Kugel.

Während sie mit dem Eis einmal um den Marktbrunnen läuft, weiß sie schon eine Antwort: Liebe ist Kribbeln im Bauch, manchmal ist das wie Ameisen, manchmal wie Schmetterlinge. Und das hat Martin auch, hat er gesagt. Sie holt sich noch eine Kugel. Und während sie mit der zweiten Kugel Runden um den Brunnen zieht, fängt sie an zu lachen: Er hat es mir doch selbst gesagt, dass er mich liebt. Und ich hab es ihm auch gesagt. Ist das nicht Beweis genug?

Da holt sie sich die dritte Kugel. Jetzt wird es allmählich klarer in ihrem Innern, beim Rundendrehen um den Brunnen. Sonnenklar. Wir mögen uns, auch wenn wir mies drauf sind, denkt sie. Das ist ein sehr handfester Beweis. Wir können uns alles erzählen und sind füreinander da. Das ist doch wohl das, was alle als Liebe bezeichnen.

Noch eine Kugel muss her und bei dieser Kugel dreht sie vier Runden um den Brunnen und bei jeder Runde kommt ihr eine neue, immer bessere Idee: Martin macht mir Mut, denkt sie, und ich ihm. Ich vertrau ihm total und er mir. Bei ihm ist es warm im Arm. Ich mag ihn streicheln und mag von ihm gestreichelt werden. Haut auf Haut. Jetzt ist alles sonnenklar.

Eine fünfte Kugel braucht sie nicht, mag sie auch gar nicht, kann sie auch nicht mehr, denn zu Hause wartet die Familie mit dem Mittagessen. Und sie rennt heim mit den Eiskugeln im Bauch, den Schmetterlingen, den Ameisen und dem Gefühl zu wissen, dass er sie, sie ihn und sie beide sich lieben.

Aber was ist der Unterschied zwischen Liebe und Verliebtsein? Sie merkt, dass noch ein paar Runden um den Brunnen fällig sind. Vielleicht morgen, vielleicht übermorgen.

Das Telefon geht. Beethoven ist dran.

»Ist Eva da?«

Die Mutter hat abgenommen. »Einen Augenblick bitte, Eva kommt sofort.«

Sie ruft Eva: »Eva, kommst du mal eben. Beethoven möchte dich sprechen!«

Eva kommt murrend. Was will der denn von ihr? Was soll sie mit ihm denn sprechen?

»Hallo«, sagt sie.

»Hallo, Eva, willst du nicht mal wieder rüberkommen, so wie früher?«

Ach du lieber Himmel, der kapiert auch gar nichts, denkt Eva. »Keine Zeit«, sagt sie.

»Oder mit Martin, bring ihn doch mal mit«, sagt Beethoven. Martin ist schließlich immer sein Freund gewesen.

»Nö, der hat auch keine Zeit.«

»Schade«, sagt Beethoven.

Und so geht jetzt die Zeit dahin:

Am Montag geht Eva morgens zur Schule. Als sie nach Hause kommt, liegt dort ein Brief von Martin. Sie antwortet sofort mit einem Brief. Als sie den Brief fertig geschrieben hat, ruft Martin an. Sie telefonieren, bis Mama auch mal telefonieren möchte, deswegen hören Eva und Martin schon nach einer halben Stunde auf. Kurz darauf kommt Martin. Um neunzehn Uhr hat Eva Klavierstunde, die Gymnastik hat sie ausfallen lassen. Nach der Klavierstunde holt Martin sie ab.

Am Dienstag geht Eva morgens zur Schule. Als sie nach Hause kommt, schreibt sie Martin einen Brief, danach telefoniert sie mit ihm. Da können sie nur fünfundvierzig Minuten telefonieren, weil Martins Mutter das Telefon braucht. Danach sagt Martin sein Tischtennis ab, und als Lisa sie anruft, sagt Eva zu ihr, dass sie in dieser Woche auf keinen Fall Zeit hätte für einen Stadtbummel. Heute treffen sich Martin und Eva bei Martin.

Am Mittwoch geht Eva zur Schule, als sie zurückkommt, ruft Martin gerade an. Weil er danach noch einmal Schulsport hat, schreibt Eva ihm in der Zeit einen Brief und kauft kurz für die Mutter ein. Nach dem Schulsport kommt Martin sofort zu Eva, weil sie besprechen wollen, was sie am Wochenende machen.

Am Donnerstag soll Eva auf Peer und Felix aufpassen. Eine Stunde. Aber das kann sie nur zusammen mit Martin, weil sie ja schon eher verabredet waren. Danach verziehen sie sich in Evas Zimmer. Einen Zahnarzttermin sagt Eva ab. Als Lisa anruft, hat Eva wenig Zeit. Als der

Vater ihr am Abend vorschlägt, dass sie sich am Wochenende wieder mit Bekannten zum Segeln treffen, worauf Eva sich immer sehr gefreut hat, sagt Eva einfach: »Nein.« Und eine Minute später fügt sie hinzu: »Wenn, dann aber nur mit Martin.«

Am Freitag geht Eva morgens zur Schule. Als sie nach Hause kommt, liegt dort ein Brief von Martin. Sie beantwortet ihn sofort. Als sie den Brief fertig geschrieben hat, ruft Martin an. Mama möchte auch mal telefonieren, deswegen hören Eva und Martin schon nach einer halben Stunde auf. Kurz darauf kommt Martin. Um neunzehn Uhr hat Eva wieder Klavierstunde. Danach holt Martin sie ab.

Am Samstag geht sie mit Martin ins Eiscafé.

Am Sonntagabend, als die Eltern vom Segeln zurückkommen, ist Eva bei Martin …

Heute geht Eva nach dem Mittagessen ins Freibad. Als sie sich im Hinausgehen ein Handtuch aus dem Schrank zieht, fragt Ma: »Kannst du nicht wenigstens Lucy für zwei Stunden mitnehmen?«

Aber da hat Eva die Haustür schon fast zu und sie macht sie schnell richtig zu. Martin will doch auch ins Freibad kommen. Und da passt keine Lucy daneben.

Aber er ist noch nicht da. Sie legt ihr Handtuch hinten in eine Ecke, wo sie Ruhe haben. Nanu, der ist doch sonst pünktlich! Wird schon kommen. Sie schaut zum Eingang. Da ist Martin. Aber o Schreck, er ist nicht allein, sondern im Gefolge von Beethoven, Erwin Bastmeyer, Schoschi, Henzi und Laura. Auf eine Martinklassenversammlung ist Eva heute nicht aus. Sie möchte Martin für sich haben. Sie wollte heute mit ihm reden. Sie will ihn fühlen. Sie beobachtet Martin. Er bleibt immer wieder stehen und versucht die anderen loszuwerden. Er geht in Richtung Eva, will den anderen einen Platz nahe am Becken schmackhaft machen. Doch sie bleiben hartnäckig an ihm kleben wie ein Fliegenschwarm. Eva will aber nicht mit den anderen zusammen sein. Am besten Laura rechts neben Martin und sie links neben Martin. Martin tätschelt mal hier, mal da. Dann Laura Küsschen und Eva Küsschen. Erwin und Beethoven lagern oben und unten. Erwin linst auf den Busen von oben. Beethoven krault an den Füßen von unten. Und sie streichelt hier und streichelt da. Alle. Rundum! Klassenliebe! Martin will das doch auch nicht. Das kann er nicht wollen!

Als sie kommen, steht Eva auf, rollt mit den Augen, faltet ihr Handtuch zusammen, wirft es in die Badetasche und murmelt etwas von »vergessen«. Ob es »Die kannste doch alle vergessen« bedeutet oder etwas anderes, lässt sie offen. »Kommst du mit, Martin?«

Er steht etwas hilflos da.

»Warum bleibt ihr denn nicht?«, fragt Laura.

»Die brauchen wieder ihre Zweimann-Exklusivvorstellung«, sagt Erwin.

»Lasst sie doch«, sagt Beethoven. »Komm, Lauralein, wir legen jetzt unsere Handtücher schön nebeneinander ...«

»Hört, hört«, sagt Henzi, »das sind ja ganz neue Töne von Beethoven.«

Beethoven wird ein bisschen rot: »Musst du dich dran gewöhnen!«

Mehr bekommen Eva und Martin von dieser Unterhaltung an Evas sorgsam ausgesuchtem Schwimmbad-Kuschelplatz nicht mit. Sie sind bereits auf dem Weg zum Ausgang.

»Und wohin sollen wir gehen?«, fragt Martin.

»Zu dir?«

»Geht nicht, meine Mutter kommt heute um vier Uhr.«

»Bei uns geht's auch nicht, Lucy ist zu Hause, und die nervt.«

»Sollen wir denn nicht lieber wieder zurück zu den anderen, bei der Hitze ist es hier ...«

»Nicht mit diesen Babys!«

»Ach komm«, sagt Martin, »die sind doch in Ordnung.«

»Ich will aber dich.«

»Ich dich ja auch.«

Da gehen sie ein Eis essen, aber das Eis ist kein Ersatz für Streicheln, und das Eis ist auch kein Handtuch, auf dem man nah beieinander liegt, sich anfassen kann, und der Wind streicht sanft über die Haut und einmal Martins Hand hier und einmal Evas Hand da, und es rieselt im ganzen Körper. Das Einzige, was sie in der Eisdiele tun können, ist anschauen, küssen und Eis in den Bauch löffeln, damit sich das Innere wenigstens für kurze Momente abkühlt.

Am Abend schlägt das Wetter um. Gewitter. Die drückende Hitze scheint vorbei zu sein und einem vorübergehenden Tief mit Regenwolken und nur wenigen Sonnenaugenblicken Platz zu machen. Ein schärferer Wind kommt auf.

11

Eva denkt nach.

Die Deutscharbeit ist ein Einschnitt. Der Dauerkrach mit Papa und Mama ist ein Einschnitt. Die Szene im Schwimmbad ist ein Einschnitt. Martin ist ein Einschnitt in Evas Leben. Und mit Einschnitten muss man fertig werden. Das weiß Eva. Und sie weiß auch, wenn man zu viele Einschnitte hat, dann bricht man irgendwann auseinander. Peng! Dann liegt Eva in Stücken oder Scheiben da. Und keiner kann sie mehr zusammensetzen.

Eva denkt nach über die Schule, über ihre Beziehung zu Martin und die veränderte Beziehung zu Pa und Ma und zu ihren Freunden.

Am besten wäre es in Pas und Mas Augen, wenn sie einen Freund haben könnte wie Martin, trotzdem jeden Tag Klavier spielte und außerdem locker in fünfzehn Minuten sämtliche Hausaufgaben erledigen könnte (Blitzmerker), darüber hinaus auch noch Zeit hätte für ihre Freunde und Freundinnen und für Gespräche mit ihren Eltern und Siebzehn-und-vier-Spiele mit ihren Geschwistern, die sie ja eigentlich mag, die ihr aber zurzeit tierisch auf dem Geist herumtrampeln.

Sie spricht darüber mit Martin. Der ist in der gleichen Zwickmühle. Wenn er auch nur mit seiner Mutter zusammenlebt. Aber dafür sind die beiden stärker aufeinander bezogen, und die Mutter kann daher vielleicht weniger loslassen.

Mit Papa und Mama zu sprechen, scheint zwecklos im Augenblick, denn sie neigen dazu, ganz anders als früher, sie in guten und besten Ratschlägen ersticken zu lassen.

Vor allem sprechen sie von mehr Distanz zu Martin und wünschen sich, dass Eva dafür wieder wie früher mehr mit Freundinnen und Freunden zusammen ist.

»Beziehungen ohne Distanz gehen am schnellsten auseinander«, meint Mama. Die scheint da ja Erfahrung zu haben. Eva will keinen Abstand. Eva will Martin ganz für sich, mit Haut und Haar.

Und was soll Eva mit den anderen Babys aus der Klasse? Die sind doch zurückgeblieben. Mit denen kann man doch noch nicht mal schwimmen gehen! Außerdem weiß Eva, dass Mama den Beethoven lieber mag als den Martin und da vielleicht stille Hoffnungen gehegt hat. Der wäre ein angemessener nachbarlicher und dann auch noch von dieser außerordentlichen Musikalität geprägter Freund für Eva, der Traumfreund in Papas und Mamas Augen, allein schon, weil er am Tag drei Stunden Klavier üben müsste und Eva in der Zeit Hausaufgaben und alles andere machen könnte. Und das würde manches Familien- und Schulproblem lösen, meinen die Eltern.

Lisa ist auch kein Rettungsanker. Ganz im Gegenteil. Lisa hat früher immer bei ihr abspicken können bei den

Klassenarbeiten. Doch angesichts der beiden Reinfälle in Deutsch und Geschichte hält sie nicht mehr so große Stücke auf Eva und orientiert sich anderweitig. Das wurmt Eva.

Außerdem hat Lisa, was das Sexuelle angeht, noch wenig Erfahrung – ja, Eva hat manchmal den Eindruck, als sauge sie begierig die Schilderungen intimer Einzelheiten von anderen auf, um daran ihr eigenes Seelenleben zu laben und zu bereichern. Dazu ist Eva nicht mehr bereit. Soll sie doch ihre eigenen Erfahrungen machen! Inzwischen ist sich Eva sicher, dass es damit bei ihren Altersgenossen gar nicht so weit her ist wie immer getan wird. Die tun alle nur so, als lägen sie dreimal in der Woche mit einem Andersgeschlechtlichen flach und liebenderweise im Bett. Aber inWirklichkeit spicken sie ihr Hauptwissen aus Büchern und Zeitschriften. Richtig geschlafen hat Eva mit Martin ja auch noch nicht, aber sie merkt, dass sich allein durch die enge Freundschaft mit ihm, der ja auch älter ist, allerhand verändert hat. Außerdem redet sie nicht darüber. Sie hat sich verändert, die anderen sind stehen geblieben und kommen ihr alle so furchtbar kindisch vor. Was soll sie sich da noch groß mit ihnen abgeben?

Und noch eine Eva-Erkenntnis: Je lieber man eine Person hat, desto mehr Schwierigkeiten bekommt man mit den anderen. Also, wenn sie Martin jetzt besonders gerne mag, bekommt sie mit Mama mehr Schwierigkeiten oder auch mit Papa oder mit Freunden, Geschwistern … Das ist so ähnlich wie bei einer Waage, wo ein Gleichgewicht bleiben sollte. Aber soll das überhaupt, wenn man gar keinen Wert darauf legt und die Entscheidung für die eine Waagschale eben gefallen ist, basta? Und Eva »leert« in Gedanken die eine Waagschale und konzentriert sich ganz auf die andere.

Und die letzte Eva-Erkenntnis: Wenn ich einen Menschen liebe, dann mache ich mich irgendwie passend für ihn und er für mich, so wie Legosteine, die genau passend gemacht auf ewige Zeiten zusammenhalten. Die Passendmachkraft oder besser: die Anpassungskraft des Menschen ist durchaus begrenzt. Wenn ich mich für den einen passend mache, kann ich mich nicht auch noch für die anderen passend machen. Ist doch logisch! Das geht nur bei einem!

Und Eva verwandelt sich in Gedanken immer mehr in den Legostein, der nur auf Martin passt. Das sind ihre Erkenntnisse, das ist ihre Entscheidung. Basta.

12

In der Frühe um halb sieben. Eva will noch das Gedicht übersetzen. Eva will noch die Sinuskurven zeichnen. Eva will noch ihre Schultasche ausräumen und den Zettel suchen, auf dem die letzten Tipps für die Englischarbeit standen. Eva will alles, aber Eva macht nur wenig. Um halb acht nimmt sie ihr Fahrrad und radelt zur Schule. Es ist feucht und unfreundlich.

Von weitem sieht sie die Ströme von Schülern, die in Richtung Schule laufen, fahren, rennen. Bienenschwärme, pagenköpfige Jungen, Wachsmäntel in allen Schattierungen, Ausgabe je nach Papas Portmonee, dazwischen einige aus der Menge stechende Einzel- und Edeltypen: Hahnenkämme in Regenbogenfarben, ohr- und nasengelöcherte Jungen und Mädchen, Langhaarmähnen und Igelschnitte, Trödelladensakkos und Antikmäntel mit Kapotthut, abgeschnittene, ausgefranste, bestickte und mit Lochmustern versehene Jeans, Edelklamotten aus Edelshops und da hinten Bounty, immer mit schwarzem Hut, breiter Krempe und einem Kaugummi im Mund. Neben ihr Lisa, heute mal wieder hochmodisch, mehrfarbige Fingernägel, der kleine Fingernagel schwarz und abgespreizt, silberberingt vom Zeige- bis zum kleinen Finger, dahinter ein paar einheitlich pulloverbekleidete Lehrerbienen im vorherrschenden Lehrerschlabberlook, wie Lisa immer sagt, die zwar einer anderen Tür zustreben, sich aber ansonsten höchstens durch weißgraue Haarsträhnen von der Menge absetzen.

Eva holt Lisa ein. Lisa bleibt stehen, fummelt in ihrer Tasche herum und gibt Eva einen Umschlag: »Ich geb am Samstag eine Party, natürlich lade ich dich mit Martin ein.«

Vor einigen Wochen hätte Eva noch einen Luftsprung gemacht und sich auf der Stelle unter die anderen gemischt, um das bevorstehende Ereignis ausführlich zu bereden, aber jetzt nickt sie nur, bekommt gerade noch ein höfliches »Danke« heraus und schiebt sich weiter mit der

Menge die Schulhaustreppen hoch, Genies und Dummköpfe, Babys und fast Erwachsene und alle zusammen eine große Schülermenge, die sich mit dem Klingelzeichen um acht Uhr in genau vorbestimmte Klassenräume ergießt und da den üblichen Turnus von fünf oder sechs gleichförmig verlaufenden, nur durch einzelne Sternstunden unterbrochenen Unterrichtsstunden über sich ergehen lässt.

Aber was Eva will, ist nicht Latein, nicht Geschichte, nicht Deutsch, Mathe, Erdkunde, was sie will, sind nicht Steinzeitmenschen, Caesars, Dr. Knurrs, Physikgenies, Misis und andere Lehrerraritäten, was sie will, sind nicht Lisa, Bounty, Carolin, Erwin oder andere interessante Mitschülerpersönlichkeiten, was sie will, sind nicht Schule, Schwimmbäder, noch nicht einmal Partys. Was sie will, ist Martin.

»Hast du keine Lust auf die Party?«, murmelt Lisa, während sie über ihre gelackten Nägel streicht.

»Doch, ja, ja, doch schon.«

»Klingt nicht sehr überzeugend.«

»Doch, doch, ich komme schon, wir kommen.«

»Wenn du keine Lust hast, ehrlich, du *musst* nicht kommen«, sagt Lisa.

»Och, 'ne Stunde kommen wir bestimmt.«

»Also jetzt reicht's aber! Auf Höflichkeitsbesuche kann ich echt verzichten. Dann bleib doch, wo du bist.«

Peng, das hat gesessen.

Magisch angezogen stehen nun auch andere aus der Klasse um die beiden herum.

Bounty zieht ihr Kaugummi aus dem Mund und sagt grinsend: »Lasst doch die Eva in Ruhe, die ist verliebt in die Liebe, hat mein Vater mir damals bei Olli auch gesagt, stimmte auch.«

»Verliebt in die Liebe«, echot Otto.

»Ich, verliebt in die Liebe?«, sagt Eva, und ihre Stimme wird immer lauter. »Bei dir war das vielleicht so, Bounty, du Knalltüte, aber nicht bei mir. Ich bin verliebt in Martin, nein, ich liebe den Martin, und das wisst ihr ganz genau.«

Evas Kinn zittert, so wütend ist sie. Was soll sie hier in dem Haufen, zu dem sie nicht mehr gehört? Die wissen ja gar nicht, von was sie reden.

»Hört, hört«, sagt Bastmeyers Erwin, der Dödel. Da kommt Dr. Knurr herein.

Alle setzen sich, nur Eva bleibt stehen. Dann geht sie durch den Mittelgang gerade auf Dr. Knurr zu, schlägt einen rechten Winkel vor Knurr, murmelt etwas von Übelkeit und verlässt, ohne überhaupt noch jemanden eines Blickes zu würdigen, den Klassenraum. Als Eva merkt, dass Lisa ihr folgt, legt sie einen Schritt zu. Sie reißt die Tür zur Schülertoilette auf, geht in eine der Kabinen, knallt die Tür zu und verriegelt sie. Sie hockt sich mit angezogenen Beinen, den Kopf auf den Knien, eine Haarsträhne im Mund auf den Sitz. So kann sie am besten nachdenken.

»Eva«, ruft Lisa vor der verschlossenen Tür in dem langen, sterilen Gang.

Eva schweigt.

»Eva, ist dir schlecht?«

Kein Laut.

»Eva, jetzt sag doch endlich was! Du bist unfair.«

»Ach – und wer war gerade unfair? Alle gegen eine!«

»Eva, wir meinen das doch gar nicht so. Aber du hast doch wirklich nur noch den Martin im Kopf. Sonst ist da nichts und niemand. Das kannst du auf Dauer nicht aushalten – und wir auch nicht.«

»Was ich aushalte, weiß ich selber, und ich bin keine Rotkreuzschwester, die mit sorgendem Blick beobachtet, was ihr aushalten könnt.«

»Eva, jetzt knall nicht wieder ab. Du verreitest dich doch. Der Martin ist ja nett. Wir finden alle, dass der zu dir passt, aber deswegen kannst du doch nicht alle andern wie Nullen behandeln.«

»Ich behandel euch so, wie ihr es verdient.«

»Eva, du zappelst doch von morgens bis abends hinter deiner Liebe her. Morgens Martin, mittags Martin, abends Martin. Der Martin darf mit keiner sprechen, du sprichst mit keinem. Das ist doch fast, als wenn ihr euch selbst in einen Käfig sperrt. Und jetzt lade ich dich zu meiner Party ein, und du sagst: ›Wir kommen gnädig für eine Stunde.‹ Wundert es dich, wenn ich da sauer bin?«

Eva auf dem Klo denkt. Sie beißt sich auf den Finger. Die ist doch nur eifersüchtig! Die will mich nur wiederhaben, ganz haben als Freundin. Darum steht die da.

Lisa vor der Tür schweigt jetzt. Sie wartet. Auf einmal kommt ein Schluchzen aus Evas Bauch. Es steigt einfach auf.

»Du musst doch endlich aus dem Himmel eurer wunderbaren Zweisamkeit mal wieder auf den Erdboden runterkommen«, hört Eva Lisa durch die Tür sagen.

»Aber, ich bin doch gerade erst drin angekommen«, schluchzt Eva.

»Da hat ja auch keiner was dagegen. Aber doch nicht so ausschließlich! Der Martin kriegt kaum noch Luft und du auch nicht. Geht das doch ein bisschen lässiger an«, sagt Lisa. »Und jetzt mach vor allem mal diese bescheuerte Tür auf!«

Eva schließt auf und Lisa nimmt die schluchzende, auf der Toilette kauernde Freundin einfach in den Arm.

So hocken und stehen sie eine ganze Zeit lang da.

Und in der Zeit kribbelt in Eva etwas, in der Zeit merkt Eva etwas.

Nämlich, dass die Lisa sie mag und das Ganze hier keine Eifersuchtstragödie, sondern ein einfaches Freundinnendrama ist. Mit der Möglichkeit eines guten Ausgangs.

»Wie Maria und Josef«, schnüffelt Eva auf einmal. Sie weint zwar nicht mehr, aber ein aus der Tiefe kommender Schluchzer steigt doch noch von Zeit zu Zeit auf. Sie hebt den Kopf, und zum ersten Mal seit langer Zeit nimmt sie das Gesicht der Freundin wieder wahr.

Trotzdem, was soll ich auf dieser Party?, denkt Eva am Mittag, als sie mit dem ganzen Bienenvolk aus der Schule herausströmt.

Sie mag die Lisa ja, aber so eine Party, die bringt doch nichts. Und Martin will sicher auch nicht.

Was haben sie dort verloren, wenn die am Samstag alle wie die geputzten Papageien oder wie garnierte Tannenbäume kichernd auf den Polstern hocken, die Jungen ihr Bier nuckeln, wenn sich dann alle auf Befehl auf die kalten Platten stürzen und anschließend zu Schmuseblues und härteren Rhythmen über die Tanzfläche schieben und fliegen! Womöglich noch nette kleine Tanzspielchen machen, bei denen sie dann mit Erwin, Flori oder Matze nichts sagendes Geschwätz austauschen muss. Und am Nachmittag vorher vielleicht noch zusammen mit Martin Kuchen backen und Salat putzen, klein schnippeln, Bouletten rollen, damit die sich danach wie die Geier draufstürzen?

Was mach ich?, überlegt Eva, als sie die Haustür aufschließt und sofort an das klingelnde Telefon stürzt, wo Martin ihr den ersten Mittagstelefonkuss gibt, weil er heute erst um drei Uhr kommen kann und auch keinen Brief geschrieben hat.

Sie reden kurz über die Party. Martin weiß auch nicht. Und so beschließen sie, dass sie beide nicht wollen. Jetzt müssen sie sich nur noch eine gute Ausrede ausdenken.

Das hat das Mütterchen am Herd in der Küche aber mitbekommen, legt in Ruhe den Deckel auf den dampfenden Kartoffeltopf, wischt sich die Hände und nimmt Eva an der Hand mit ins Wohnzimmer.

»Mama, der Peer …«, heult Lucy herein.

»Ihr macht jetzt mal die Tür zu«, sagt Mütterchen entschieden, »und lasst uns hier ganz in Ruhe.« Und das klappt auch. Leider. Denn Mütterchen erhebt sofort ihre Stimme: »Eva, ihr könnt euch nicht so isolieren.«

»Das ist unsere Sache. Und wir wollen es beide so, wie es ist.«

»Ach, Evakind«, seufzt Mütterchen.

»Ach, Mütterchen«, seufzt Evakind.

»Trotzdem«, sagt Mütterchen. Sie muss erst mal innerlich Luft holen, um – so denkt Eva – dann zu einer umfassenden Generalattacke sämtliche Geschütze aufzufahren.

Schweigen. Aber untergründige Vorbereitungen. Die Kanonen rollen an. Die Geschütze werden in die Kanonenrohre gestopft. Mütterchen atmet tief durch. Doch die Kanone wird heute nicht gebraucht, heute sind die leisen Waffen dran: Pfeil und Bogen. Leise, schnell und tödlich, denkt Eva. Mütterchen setzt an und Eva lauscht, mit Schutzschild gewappnet.

»Du bist doch ganz außer dir, weißt du, du bist gar nicht mehr du selber.« Mütterchen legt den Arm um Eva. Eva hat sich geirrt. Mütterchen bietet Friedensverhandlungen an.

Vielleicht bin ich auch erst ich selber, seit ich mit Martin zusammen bin, denkt Eva. »Das verstehst du nicht«, sagt Eva.

»Doch«, sagt Mütterchen, »versteh ich gut. Ich war selber mal verliebt. Kannst du dir gar nicht vorstellen, was?« Sie wird ganz rosa im Gesicht von der Erinnerung. »Eigentlich will ich dich ja deine eigenen Erfahrungen machen lassen«, sagt Mütterchen, »aber so ganz und total solltet ihr euch nicht isolieren. Ich weiß genau, dass ihr euch beschnuppern müsst und kennen lernen, aber ihr müsst auch ein paar Freunde behalten, weil ihr einfach in einer Partnerschaft oder Liebe oder Verliebtheit nicht alle eure Bedürfnisse abdecken könnt.«

Eva sagt nichts. Das war gut, Mütterchen, denkt sie. Du solltest dich mit Lisa zusammentun. Die sieht das genauso. Aber ich hab meine Entscheidung getroffen. Basta.

Eva seufzt und viel mehr scheint Mütterchen auch gar nicht erwartet zu haben, denn sie geht an ihren dampfenden Kartoffeltopf zurück.

Du hast ja Recht, möchte Eva ihr eigentlich hinterherrufen, aber das kann sie nicht, weil sie es nur mit dem Verstand denkt und mit dem Gefühl nicht will, nicht wollen kann, nicht kann. Die Balance zwischen Gefühl und Verstand, die macht Eva so zu schaffen, dass ihr manchmal ganz schwindlig wird und sie jetzt einfach sitzen bleibt und gedankenverloren auf ihrer Haarsträhne herumkaut.

Partnerschaft, Liebe, Verliebtsein, alle Bedürfnisse abdecken. Weiß ich nicht selbst am besten, welche Bedürfnisse ich habe?, denkt Eva. Will die mir da nicht bloß mal wieder ihren Willen aufzwingen? Weil sie sich einbildet zu wissen, was richtig und falsch ist? Mütterchens Sorgen möchte ich haben! Ich will nicht das, was sie will. Ich will anders. Ich will, wie ich will. Bloß, was will ich? Und was will Martin? Will er auch, was ich will?

13

Und dann gehen sie doch auf Lisas Party. Dann hat wenigstens niemand Grund, vor Eifersucht abzudrehen, und alle Bedürfnisse werden hübsch abgedeckt.

Das Übliche. Als die kalten Platten abgeräumt sind, sitzen sie da und reden und hören Musik. Einige tanzen.

Irgendwann ist Damenwahl. Da schießt Laura auf Martin zu. Das ist doch nicht möglich? Dabei will Eva ihn gerade auffordern, ist doch wohl klar, dass er zu ihr gehört.

Laura sieht Evas entsetztes Gesicht, Martin schaut hin und her.

»Du kannst doch wohl auch mal mit mir tanzen«, sagt Laura.

»Tu ich ja auch«, sagt Martin. Er springt auf und lässt Eva da sitzen. Das gibt es doch nicht!

»Du bist ja schließlich nicht mit der verheiratet«, sagt einer von hinten.

»Und selbst wenn sie verheiratet wären, was ist denn schon dabei?«, sagt jemand anderes.

Ja, was ist schon dabei? Eva sagt es sich ein paar Mal. Glaubt es, glaubt es nicht, zieht plötzlich ein kleines Gänseblümchen aus einer Vase und zupft: »Er liebt mich, er liebt mich nicht … er liebt mich!«

Sie lächelt. Sie schaut auf die Tanzfläche. Komisch, dass so kleine Spielchen einen wieder ins Gleichgewicht bringen können. Da kommt Beethoven auf sie zu. »Tanzt du mit mir?«, fragt er.

Auf dem Nachhauseweg sehen sie zusammen in die Sterne. Es hat wieder aufgeklart, es ist frisch.

»Das da sieht so aus wie die Milchstraße«, sagt Eva und deutet auf ein helles Band, das sich quer über den dunklen Himmel zieht.

»Kommst du noch mit zu mir?«, fragt Martin. »Meine Mutter hat Nachtdienst.«

»Dann muss ich nur eben zu Hause anrufen, dass ich erst um ein Uhr komme.«

»Sag ein bis zwei Uhr«, sagt Martin.

In Martins Zimmer ist es dunkel, Martin macht nur eine Kerze an, die Schatten huschen über ein Bücherregal, Schatten an der Wand. Martin, Eva. Im Regal ein abgeliebter Schmusehase von Martin.

Auf Martins Bett Eva und Martin gekuschelt.

»Ich muss dich jetzt allein haben«, sagt Martin.

Sie haben noch ein bisschen mehr als eine Stunde Zeit. Eine Stunde ist wenig, wenn man sich streichelt und fühlt.

Martin lehnt sich zurück. »Ich hab Sehnsucht nach dir«, flüstert er.

»Ich auch.«

»Willst du denn auch mit mir schlafen?«

»Ich glaube, bald.«

»Bald, bald, bald«, Martin stöhnt. »Ich könnte jetzt.«

»Ich aber nicht.«

»Warum nicht?«

»Weiß nicht.«

»Erklär es, versuch es. Ich kapier das nicht.«

»Da ist so eine Spannung.«

»Bei mir auch«, und er grinst.

»Komm, jetzt werd nicht blöd.«

»Schon geschnallt, aber verdammt schwer. Aber du musst mir noch was erklären.«

»Was?«

»Warum ...«, er überlegt, »warum ›bald‹ bei dir nicht ›jetzt‹ ist.«

»Vielleicht hab ich Angst.«

»Vor mir?«

»Nein, nicht vor dir. Davor.«

»Hast du's auch noch nicht gemacht?«

»Nein, du auch nicht?«

»Nein, aber ich hab keine Angst. Ich hab mehr Freude im Bauch und Zittern – und Spannung.«

»Und was machen wir da?«

»Blöde Frage. Wir machen, dass jetzt ›bald‹ ist.«

»Nee, nee, Martin, jetzt nicht, heute nicht. Jetzt ist noch nicht bald.«

»Manchmal glaub ich, du willst mich bloß vertrösten. Lieben wir uns oder lieben wir uns nicht?«

»Wirklich nicht, ich will dich nicht vertrösten, aber ich brauch noch Zeit.«

»Und wie lange? Wie kriegst du heraus, wann es so weit ist?«

»Durch Fühlen und durch Nachdenken.«

»Gut, versteh ich ja. Okay, okay. Sollen wir dann sofort anfangen mit dem Fühlen?« Er legt seinen Arm um sie. »Dann geht es vielleicht ein bisschen schneller.«

»Du bist ganz schön doof und ich glaube, es ist schon halb zwei.«

»Stimmt. Also doch kein Fühlen.«

»Nur Nachdenken.«

»Mit Schnellfühlen«, und sie nehmen sich noch einmal kurz in die Arme.

Martin bringt Eva nach Hause. Während sie Arm in Arm durch die Nacht gehen, fragt er: »Nimmst du eigentlich die Pille?«

»Seit gestern.«

»Find ich lieb von dir, dass du das machst. Ist ja wohl *unser* Problem.«

»Find ich gut, dass du das sagst. Saugut. Gehst du beim nächsten Mal mit zum Frauenarzt?«

»Hm, okay. Und Kondome, die will ich eigentlich auch, wollte ich schon lange sagen. Sicher ist sicher ...«

»Will ich auch. Vor allem, weil die Pille ja nicht sofort wirkt. Einen Zyklus muss man warten. Und auf Schwangerwerden hab ich absolut keine Lust.«

»Ich auch nicht.« Vor Evas Haus sagt er: »Bis bald. Und sieh zu, dass bald ›bald‹ ist, Trotzköpfchen.« Und er zwickt sie zum Abschied liebevoll in die Backe.

Am nächsten Mittag am Telefon.

»Hallo?«

»Trotzkopf!«

»Wieso?«

»Wann ist bald?«

»Dann, wenn ich es sage.«

»Warum nicht, wenn *ich* es sage?«

Schweigen.

»Ist wohl so, muss ich mit leben.«

»Ja. – Magst du mich trotzdem noch?«

»Das hängt doch wohl nicht davon ab, nur, ich mag dich zu sehr und immer mehr.«

»Das tut gut. Weißt du, Martin, ich muss einfach erst herauskriegen, wann ich will. Ich will mir sicher sein. Und wenn ich will, dann kann ich auch.«

»Ja, Trotzköpfchen.«

»Okay, wenn du meinst, bin ich eben ein Trotzkopf, aber einer, der herausfinden will, was gut ist für sich und für uns, und der so lange trotzt. Denn der Trotzkopf will nur, was er wirklich will.«

Am Nachmittag ruft Eva Lisa an, zum ersten Mal seit langem.

»Hier ist Lisa Mues.«

»Hier Eva.«

»Hey, Eva. Das ist ja eine Überraschung!«

»Weiß ich.«

»Ist was?«

»Ja und nein. Eigentlich ist alles gut – und doch: Ich weiß nicht, was ich will.«

»Kann ich dir dabei helfen?«

»Weiß nicht.«

»Geht es darum? Du weißt schon.«

»Ja.«

»Hast du Angst?«

»Ja.«

»Wovor?«

»Vor allem. Vor dem Fremden, vor dem Schmerz, wenn ...«

»Hm. Du weißt ja, Eva, dass ich dir da nur sehr bedingt mit eigenen Erfahrungen aushelfen kann. Aber könnte es nicht sein, dass um das berühmte erste Mal einfach viel zu viel Wind gemacht wird? Ich hab mal mit meiner Mutter drüber gesprochen. Sie hat mir gesagt, dass sie die Atmosphäre in Erinnerung hat und dass ihr Freund damals sehr liebevoll war. Das nimmt man mit, hat sie gesagt. Nicht all die Details, vor denen alle am meisten Angst haben. Und von denen so viel geredet wird. Wie er mit dir umgeht, das ist wichtig. Und wie er deine Entscheidung akzeptiert ist wichtig ...«

»Vielleicht hast du Recht.«

»Bis morgen, Eva – ich muss los. Kaffeetrinken bei den Großeltern. Die anderen warten schon.«

»Bis morgen, Lisa! Und: danke!«

14

Eva findet im Briefkasten ein Gedicht, wieder ein Gedicht für ihre Schülerzeitung. Auf dem Umschlag steht als Kennwort »Sexwettbewerb«. Da hat sich einer einen Scherz erlaubt.

So richtig weiß es niemand – nicht

Du weißt genau, die Lust,
die bringt dir nichts als Frust.

Du sollst nicht so viel fragen,
am besten wenig sagen:

Was »man« erlaubt sind trockene Worte
von der abgegriffenen Sorte.

Muschi nennt man (kriegerisch) Scheide,
doch solche Wörter meide!

Und sprichst du gar von Schwanz und Fotze,
bekommst du aber richtig Motze.

Ficken ist vulgär,
bumsen wohl noch mehr.

Ein schönes Wort ist »vögeln«,
erinnert so an »segeln«:

Abheben mit Braut im Arm,
es weht ein Wind, der macht ganz warm.

Doch schweigend miteinander liegen
und den bösen Trieb besiegen!

Das ist das, was »man« will,
ansonsten halte still.

Doch wer ist »man« in diesem Gedicht?
So richtig weiß es niemand nicht.

Sofort schwirrt es in Evas Kopf. Tausend Ideen kommen ihr. Das Gedicht macht ihr Spaß. Sie kann sich in etwa denken, wie in der Redaktion darüber gesprochen werden wird. Auf jeden Fall wird es eine heiße Diskussion geben.

»Ich glaube nicht, dass Jugendliche in dieser Sprache reden«, wird Max bestimmt sagen. »Wer von euch hier würde zu seiner Freundin sagen: Komm, wir bumsen mal ein bisschen?«

»Aber dieser eine hier hat's getan, zumindest in seinem Gedicht, Max.«

»Deswegen muss das nicht gedruckt werden, ich find es sogar ein Stück lächerlich«, wird Hanna meinen. »Es verharmlost die Liebe. Banalisiert sie, setzt sie herab auf ›Vögeln‹ und ›Bumsen‹. Ich bin dagegen, dass so was Ordinäres in unserer Zeitung abgedruckt wird.«

»Was heißt hier ordinär? Ich finde das überhaupt nicht ordinär«, wird Karen vielleicht sagen. »Da setzt sich einer damit auseinander, wer zum Beispiel ›man‹ ist, der diese Wörter verbietet, der festlegt, was ordinär ist und was nicht. Der Gedichtschreiber redet nicht einfach so daher. Er denkt nach, er hinterfragt – und das finde ich gut. Das Gedicht muss abgedruckt werden, finde ich.«

Das wird eine Sitzung, denkt Eva. Und was wird erst

die Schulleitung dazu sagen, die die Ausgabe genehmigen muss?

Eva hängt auch dieses Gedicht an die Pinnwand über ihrem Schreibtisch. Als Mama es sieht, ist sie nicht sonderlich begeistert. Irgendwie findet sie es witzig, meint aber: »Das wollt ihr doch hoffentlich nicht in eurer Schülerzeitung abdrucken! Da ist ja wohl eine Grenze!«

»Welche Grenze?«, fragt Eva.

»Es gibt einfach Ausdrücke, die sagt man nicht. Und schreiben tut man sie schon gar nicht. Dafür haben wir einen anderen Wortschatz.«

»Aber einen sehr begrenzten, engen.«

Mama setzt sich. »Es gibt einfach Dinge, da braucht es nicht so viel Worte. Liebe kann man auch durch Sprache zerstören.«

»Jetzt redest du dich heraus«, sagt Eva. »Ich finde, man müsste noch viel mehr Wörter dafür haben. Denn wenn ich in allen Einzelheiten ausdrücken könnte, wie, was, wo, warum ... ich liebe, wie, was, wo, warum ... diese Liebe ist, das wäre schön.«

»Erfinde Wörter«, sagt Mama, »Liebe macht erfinderisch.«

»Bla, bla, bla.« Eva lacht. »Aber man müsste wirklich Wörter erfinden«, sagt Eva, »Wörter mit einem Knalleffekt, ganz besondere Wörter.«

»Aber bitte keine obszönen, da ist einfach die Grenze!«

»Weil sie sofort in den obszönen Bereich geschoben werden, und zwar vor allem von den sexuell Verklemmten. Das ist doch alles eine Frage der Bewertung«, entgegnet Eva.

»Trotzdem«, sagt Mama.

»Mama, schon wieder dieser moralische Zeigefinger!« Eva ist genervt. Es wäre am besten, Mama ginge jetzt. »Vielleicht setzt die Kultur die Grenze oder die Tradition – oder einfach die Familie oder die Mutter«, sagt Eva.

Da geht Mama, sie hat Evas genervten Ton verstanden.

Eva denkt weiter nach: Warum gibt es da Grenzen? Wer setzt sie? Warum überspringen wir sie nicht? Wer setzt fest, wann welches Wort gebraucht werden darf? Und warum werden Versuche, diese Grenzen zu überspringen, ganz schnell als obszön, vulgär, gewöhnlich bezeichnet? Steckt vielleicht in uns allen eine tiefe Angst vor Sexualität und Liebe, weil sie so voller Unerklärtem ist und dieses Nichterklärte allein schon eine Grenze darstellt, die zu überschreiten immer fragwürdig ist, manchmal sogar gefahrvoll erscheint? Und dann ist es doch leichter, einfach abzulehnen, Sexualität zum Tabu zu erklären, dann braucht man sich nicht weiter damit auseinander zu setzen.

Im Briefkasten war heute auch ein Brief von Martin. Ein kurzer. Ein Gedicht.

Ich träume,
träume eine Welt,
eine andere Welt.
Ich denke anders,

denke an dich.
Du.
Ich mag dich.
Du.

Und auf der Rückseite steht:

Du bist mein lieber Trotzkopf,
ich warte,
ich warte,
bis du kannst
und willst,
ich warte,
ich warte,
bis wir beide können
und wollen.
Und dann?
Dann beginnt etwas
Neues, Schönes,
neu für uns beide,
spannend für uns beide,
etwas,
nur für uns beide.

Eva legt sich auf ihr Bett. Elvis singt wieder sein »Love me tender«. Sie schreibt Martin ein Gedicht:

Nachts lebe ich weich,
im Warmen.

Melodien untermalen die Farben,
wallendes Wasser,
blühende Blumen,
ursprüngliche Natur.
Erleben mit anderen.
Schönes tun,
zärtlich sein,
lieben.
Ohne Rücksicht aufs Geschwätz
leben.
Nachts, im Schutze der Wärme,
geht alles
in unsrer zweiten Welt,
in unsren Träumen.

Und auf die Rückseite schreibt sie:

Ich weiß, dass du willst.
Ich will, dass du wartest,
bis ich will,
bis du willst,
bis wir wollen
und wir beide nur noch warten,
bis wir wirklich wollen können.

15

Was weiß Eva alles von Martin?

Dass er Senf aufs Ei tut, nicht Salz.

Dass er Pfannkuchen mit Ketschup isst oder mit Nutella.

Dass er Lee-Jeans trägt, weil er die nicht mehr anprobieren muss.

Dass er wartet.

Dass er Briefe schreibt, wunderschöne Briefe.

Dass er grinst, wenn er sich freut.

Dass er sich vorgestern mit Beethoven getroffen hat.

Dass er Eva auch als Kratzbürste mag, weil er sich daran selbst kratzen und reiben kann.

Dass er Evas Telefonnummer schon vor sechs Monaten auswendig wusste.

Dass er nach Martin riecht.

Dass er bei McDonald's immer zwei Big Macs übereinander geschichtet isst.

Dass er am liebsten Pianist werden würde, aber das ist sein Traum seit dem ersten »Hänschen klein« auf dem Klavier.

Dass er gestern ein neues Aftershave hatte.

Dass um ihn noch sehr viel Geheimnisvolles ist, das sie noch nicht weiß.

Dass er ihr Rosen gemalt hat, weil er kein Geld hatte für echte.

Dass er ihr fremd ist und ganz vertraut.

Dass er rasend gerne surft, aber noch kein eigenes Brett hat.

Dass er schon zwei kapitale graue Haare hat.

Dass er einen völlig unmöglichen Pullover besitzt.

Dass sein Bauch immer kullert und plätschert, wenn man mit dem Ohr daran horcht.

Dass er die, die quer durch alle Betten hoppeln, als Kotzbrocken bezeichnet.

Dass er Spinat hasst und Pumpernickel und Körner und Familienfeiern, von denen es in diesem Sommer nur so regnet.

Dass sein Gesicht aussieht wie ein Karpfen, wenn Eva auf seinem Bauch liegt und von unten hochschaut zu ihm.

Dass er meint, dass es einen Unterschied zwischen Liebe und Sex gibt.

Dass er meint, dass Liebe mehr ist.

Dass er Bleistifte zerkaut, wenn er nervös ist.

Dass er leichte Ansätze zu abstehenden Ohren hat.

Dass er, wenn er sauer ist, einfach zwei Stunden in die Glotze starrt und alle zwei Minuten umschaltet.

Dass er klassische Musik mag und Sting.

Dass er Tagebuch führt.

Dass darin steht, dass er am liebsten jetzt schon mit Eva Liebe machen würde, stattdessen versucht zu joggen.

Dass er zwei Meter Mickymaus-Bücher hat.

Dass er am liebsten Sahnekaramel isst.

Dass ihm ein unterer Backenzahn fehlt (deswegen?).

Dass er keine Oma mehr, aber zwei Opas hat, denen er enorm ähnlich sieht. (Beiden!)

Dass er stricken kann und kochen.

Dass Beethoven ihm sein erstes selbst komponiertes Konzert widmen will.

Dass er eine Warze am linken Daumen hat und einen Pickel im Nacken.

Dass er gerne Geisterbahn fährt.

Dass er weiß, was er will, oder aber wenigstens versucht zu wissen, was er will.

Dass er mal das menschliche Gehirn erforschen will so wie Stephen Hawking das Universum.

Dass er Hemmungen hat, obwohl er weiß, dass er ganz gut aussieht (aber haben das nicht alle Menschen?).

Dass er meint, dass es auch schwarze Löcher im Gehirn gibt.

Dass seine Stimme dunkel ist und sehr voll.

Dass er Schuhgröße 48 hat »mit eingebauter Erdkrümmung«, wie er grinsend hinzufügt.

Dass er Karl Valentin mag und zurzeit Dürrenmatt liest.

Dass er sich beim Nachdenken immer auf den Teppich legt.

Dass er den Stephen-Hawking-Film saugut fand.

Dass er Eva liebt.

»Aber was ist schon Liebe?«, hat er gesagt. Typisch Martin. Flapsig werden Sachen in die Ecke geknallt, mit dem Fuß getreten, um sie dann plötzlich als das Größte schlechthin wieder aufzunehmen und zu feiern.

»Liebe kann ja auch einfach ein romantisches Gefühl

sein, das uns meinen lässt, der andere und ich, wir sind einzigartig und wir erfinden die Welt neu.«

»Und tun wir das nicht?«, fragt Eva.

»Ja, sicher – aber jetzt beeil dich, wir wollen meine Mutter nicht warten lassen.«

Martin ist gekommen, um Eva abzuholen. Sie sind heute bei Martins Mutter zum Kaffee eingeladen.

Eva war schon ein paar Mal in der Wohnung, da die Mutter aber seit ein paar Wochen meist in der Nachmittagsschicht arbeitet (sie ist Krankenschwester), haben sie sich noch nicht gesehen.

Ein seltsames Gefühl ist das schon. Was wird sie über Eva denken? Mag sie Eva? Ist sie eifersüchtig auf Eva? Nimmt Eva ihr ihren Martin weg? Mag Eva sie? Was tut Eva, wenn sie sie nicht mag? Ist der Klang ihrer Stimme wirklich der Martins ähnlich, wie es am Telefon scheint? Sie ist klein und schmal, nicht wie Martin groß und dürr. Sie hat einen Mund wie Martin und das Lachen. Sie ist genauso nervös wie Eva, aber man kann sie mögen. Sie stellt Eva Fragen. Eva hört sich antworten. Die Atmosphäre ist gut, von gegenseitiger Annahme getragen. Eva ist erleichtert und geht am Abend zufrieden wieder nach Hause.

Es ist spätabends.

Eva ist allein in ihrem Zimmer. Die Beatles flüstern leise aus dem Lautsprecher: »All you need is love!« Eva malt ein Bild. Für Martin will sie es malen. Ein lila Himmel, mit Orange und Goldgelb. Der Himmel ist so blau und bunt violett wie ihre Träume. Und die friedlich untergehende Sonne ist blau mit einem schwarz verbrannten Rand. Den muss sie auf einmal malen. Der rennt danach am Horizont entlang, schwarze Einrahmung für all das Bunte, Verwegene, Aggressive. Auch das gehört dazu. Dunkle Keulen die Bäume im Wind und ein tobender Fluss bergab in die Landschaft, die sich in die Weite erstreckt.

16

»Warum bleibt immer alles an mir hängen?«, schreit Mama.

Der Ton zwischen Pa und Ma ist im Augenblick ziemlich gereizt und dieser Augenblick dauert schon ein paar Tage.

Papa sagt, man solle ihn als schwer arbeitenden, einen Sechspersonenhaushalt ernährenden Familienvater nicht auch noch mit diesem Kleinkram belasten. Er trage schließlich Last genug und er trage schwer an dieser Last.

Mama hält mit deutlich gesteigertem Stimmvolumen dagegen, auch sie arbeite, ebenso schwer wie er, nur dass einer Frau daraus nicht die gesellschaftliche Anerkennung erwachse und die gesellschaftliche Abpolsterung, auf der »man(n)« sich wie auf einem seit Jahrhunderten etablierten Ruhebett munter räkelnd ausstrecken und seine Ansprüche aus dieser Ruhelage lautstark in den Raum schmettern könne, was »frau« verwehrt bleibe.

Das Thema Emanzipation wird bei dieser Diskussion immer wieder gestreift.

»Emanzipation ist eine Frage der Persönlichkeit und des Tuns. Einige Frauen tun es einfach, und andere denken ihr Leben lang darüber nach, kommen aber über ihr Denken meist nicht hinaus, sind darin verschachtelt wie in einem alten Labyrinth, und keine Ariadne hat ihnen einen Wollfaden hingelegt«, sagt Papa.

Emanzipation bedeute auch, den weiblichen Schweinehund zu überwinden, wobei Mama dann darüber diskutieren will, was ebendieser weibliche Schweinehund seiner Meinung nach sei.

Pa: »Schweinehund ist Schweinehund. Er ist ein kleines Mistvieh und keine Frage von Männlein oder Weiblein.«

»Sag ich doch – und wer spricht jetzt mit Eva?«, fragt Ma, doch Pa hat sich schon aus dem Staub gemacht.

Und so findet das Gespräch über Verhütung als Muttergespräch statt.

»Weißt du«, sagt Mama. Sie sitzt wieder in ihrem typischen Mamagesprächserziehungskorsett. So sieht es auf jeden Fall aus: steif, aufgerichtet, unbeweglich.

»Weißt du«, sagt sie noch einmal. Mama hustet, einmal, zweimal, mehrmals.

Eigentlich tut Mama Eva Leid, wie sie so dasitzt. Mama und sie haben schon mehrmals solche »Schwierigkeiten« gehabt, denn Eva kann es genauso wenig haben, wenn Mama so einen auf Kumpel macht, wenn sie die alles verstehende Freundin spielt. So, wie Lisa ihr erzählt hat von ihrer Mutter. »Ich bin deine Freundin, mir kannst du alles erzählen«, hat sie ihr gesagt, »jetzt, wo du deine Tage kriegst, und wenn es bei dir blutet, dann sind wir doch Freundinnen« usw.

Eva will nicht so eine Mutter. Sie will eine liebe, sachliche, auch irgendwie verständnisvolle, aber nicht so aufdringliche Mutter. Das ist ganz schön schwer, denkt Eva.

»Weißt du«, sagt Ma noch einmal und schaut Eva völlig hilflos an.

»Ich weiß schon Bescheid«, sagt Eva. »Bescheid weiß doch heute wirklich jeder. In der vierten Klasse, der sechsten Klasse, der neunten und der zehnten Klasse wird man mit Aufklärung fast totgeschlagen, nur praktische Übungen müssen halt dem Erwachsenenalter vorbehalten bleiben. Erst muss die Theorie über Sexualität gut verdaut sein.«

»Ich finde es gut, dass du schon beim Frauenarzt warst«, sagt Mama.

»Ich hab mir die Pille verschreiben lassen«, sagt Eva, »und ich will beim nächsten Mal Martin mitnehmen.«

»Finde ich gut«, sagt Mama. »Verhütung ist ja nicht bloß Frauensache.« Das Korsett fällt ab. Mama bewegt sich wieder normal. Zwinkert Eva zu. Sie fühlt sich jetzt offensichtlich wohler. »Ich hab da noch etwas«, sagt sie. »Wäre es nicht besser, ihr würdet auch Kondome verwenden? Obwohl bei euch ja wohl keine Gefahr wegen Aids besteht, ich nehme an, es ist für euch beide das erste Mal …«

»Find ich lieb von dir«, sagt Eva. »Wir haben auch

schon drüber gesprochen. Martin und ich sind uns da einig. Deswegen brauchst du dir keine grauen Haare wachsen zu lassen. Wir wollen kein Risiko eingehen und alle Eventualitäten von vornherein ausschließen.«

»Ich denke genauso, Papa auch. Der wollte eigentlich auch dabei sein, bis wir dann Krach bekamen. Aber vorher hatten wir uns schon überlegt, dass wir zu zweit wieder wie eine Elternwand vor dir sitzen. Das wollten wir ja auch nicht. Und das mit den Kondomen, Eva. Ich habe den Eindruck, dass die Aidsprävention schon wieder ganz stark nachlässt – weißt du, wir halten es beide für notwendig, dass ihr verantwortungsvoll mit eurer Sexualität umgeht und euch schützt.«

»Denke ich und denken wir genauso. Viele in Martins Jahrgang sind da ganz anders. Die sagen: Ist ja noch nichts passiert, da können wir ruhig einfach drauflos. Wenn du deren Gerede glaubst, machen sie es kreuz und quer, heute mit der und morgen mit der und dann ohne Kondom.«

»Das alles finden wir ja auch bei Martin gut. Weißt du, Papa und ich mögen ihn.«

»Danke, Mama.« Eva drückt sie, und zum ersten Mal, seitdem sie Martin kennt, fällt sie Mama wieder um den Hals.

Sie erzählt Martin von diesem Gespräch.

»Dabei haben wir noch keinmal miteinander geschlafen«, sagt Martin. Es ist ein bisschen Trauer in seiner Stimme.

»Ich bin froh, dass ich dich habe, und ich glaube, jetzt bin ich auch so weit«, flüstert Eva.

»Und wann und wo können wir jetzt wirklich wollen?«, fragt Martin. »Am Wochenende?«

»Ja, am Wochenende«, sagt Eva, »ich glaube, da können wir, am Freitagabend sind meine Eltern eingeladen.«

Am Tag darauf findet Eva wieder einen Beitrag für die Schülerzeitung im Briefkasten. Es ist der anonyme Beitrag eines Lehrers, der sie erstaunt, über den sie aber auch froh ist:

»Ich möchte mich zu diesem Thema melden«, schreibt er, »weil ich es für ganz, ganz wichtig halte.

Ich selber wurde in den fünfziger und sechziger Jahren groß. Da wurde darüber nicht gesprochen. Über Sex zu sprechen, das waren weitschweifige Erklärungen wie die Erklärungen zum hebräischen Gott. Keiner durfte ihn nennen, aber jeder sollte ihn kennen. Und so war Sex das große Schweigen oder Sprechen hinter vorgehaltener Hand. Und wir alle hatten ein schlechtes Gefühl bei allem, was wir in der Richtung taten. Wir hatten doch schon Schuldgefühle, wenn wir uns selbst befriedigten. Dabei gehört das doch bei jedem dazu und darf keine Schuldgefühle erzeugen, weil dann Sexualität später immer mit Verbotenem und vielleicht sogar Schmutzigem verbunden wird.

Dabei ist Liebe eigentlich etwas ganz Wunderbares, etwas Tiefes. Ich zitiere hier die Bibel: ›Die Liebe ist langmütig, die Liebe ist gütig. Sie ereifert sich nicht, sie prahlt nicht, sie bläht sich nicht auf.‹ (1. Korinther 13,4) (Ich weiß, dass damit nicht die Liebe zwischen Mann und Frau gemeint ist, aber ich finde diese Eigenschaften auch dafür sehr wichtig.)

Oder auch: ›Was wollt ihr an Schulammit sehen? Den Lager-Tanz! Wie schön sind deine Schritte in den Sandalen, du Edelgeborene. Deiner Hüften Rund ist wie ein Geschmeide, gefertigt von Künstlerhand. Dein Schoß ist ein rundes Becken, Würzwein mangle ihm nicht. Dein Leib ist ein Weizenhügel, mit Lilien umstellt. Deine Brüste sind wie zwei Kitzlein, wie die Zwillinge einer Gazelle.‹ (Hohelied 7,1–5)

Und dieses Sexuelle ist doch wunderbar. Wir alle müssen es lernen und üben: das Sprechen, das Streicheln, das Beieinandersein … Wenn wir es nicht üben, sind wir tief unsicher, und dann wird es oft mit Ironie und Zoten überspielt.

Ich merke, dass wir heute wieder in einer Zeit leben, die rückständiger werden will. Ich denke, wir können viele Dinge aufgeben, aber auf keinen Fall die liebevolle, zärtliche, sexuell offene Sprache. Dafür habe ich das hier geschrieben.

Ich weiß auch, wie schwierig es ist, scheinbar aufgeklärt ›alles‹ zu wissen, beweisen zu können, logisch zu denken und gleichzeitig dabei liebevoll, zärtlich, man selbst zu sein! Ich meine, dass viele so denken wie ich, und das will ich ausdrücken.«

Eva hängt den Text zu den anderen an ihre Pinnwand.

17

Lisa und Eva stehen an der Klassentür.

Da kommt die Schulsekretärin mit der Meldung, dass Tante Misi krank sei und sie sich einfach nur ruhig verhalten sollen.

»Hat einer von euch gestern Abend die Talkshow gesehen?«, fragt Otto.

»Ja klar, meinst du die, in der es um die Liebe ging?«

»Die wissen wenigstens, was sie wollen«, sagt Tama. »Ich finde das gut.«

»Weil du keinen abkriegst«, sagt Erwin.

»Du bist blöd«, sagt Otto. »Hast ja selbst noch keine abgekriegt.«

»Worum geht's denn eigentlich?«, fragt Lisa.

»Also«, sagt Otto, »da ist ein Verein gegründet worden, der Jugendliche davon überzeugen will, bis zur Ehe mit dem Sex zu warten.«

»Die müssen sogar eine Art Vertrag unterschreiben.«

»So ein Quatsch«, sagt Lisa. »Es kann doch gut sein, dass du beispielsweise mit sechzehn so einenVertrag unterschreibst, und du meinst das wirklich. Ein Jahr später lernst du dann die große Liebe kennen – und wenn ihr euch dann streichelt, zeigst du ihm, statt weiterzumachen, deinen Vertrag.«

»Am besten weck ich meine Muschi ein, richtig in einem Weckglas, damit da keiner rankommt«, sagt Bounty, »und wenn dann der saubere Märchenprinz kommt, der darf – psch! am Gummiring ziehen und das Glas öffnen.«

»Ich finde, du machst das jetzt zu sehr lächerlich«, sagt Flori. »So, wie ich das verstanden habe, meinen die das sehr ernst.«

»Aber sie dürften keinen andern in die Keuschheit zwingen – wo sind wir denn?«

»Sie sagen aber, dass es heute gerade umgekehrt ist, dass durch unsere freie Sexualität jeder fast zu Sex gezwungen würde.«

»Stimmt«, sagt Eva, »wenn du noch nie einen Freund hattest, noch nie etwas gemacht hast, kommst du dir doch heute schon fast mies vor, denkst, mit dir stimmt was nicht.«

»Stimmt«, seufzt Lisa, »ehrlich gesagt, fühl ich mich auch manchmal so.«

»Sieh da, sieh da«, sagt Otto.

»Jetzt hör doch auf«, sagt Eva. »Das, was Lisa gerade gesagt hat, ist doch ganz schön mutig. Es ist doch wirklich mutig zu sagen: Ich habe noch nie.«

»Sie spricht das Gebet einer Jungfrau«, dröhnt Henner.

»Ihr nervt echt«, sagt Eva, »irgendwo habt ihr wirklich noch keinen Peil. Also ich für mich selbst kann nur sagen, dass jeder das tun soll, was er will, wirklich will. Aber er muss erst herauskriegen, was er will.«

Von hinten macht einer eine zotige Bemerkung. Die nimmt Eva zum Anlass, sich zusammen mit Lisa aus der Diskussion auszuklinken. Hat ja doch keinen Zweck, sich mit solchen unreifen Deppen über so was zu unterhalten.

Fast als Einleitung zum Wochenende findet Eva ein wunderbares Seufz- und Klagegedicht im Briefkasten, das sie an ihre eigene Situation erinnert und viele zu einem Schmunzeln bringen wird, wenn auch in der Situation des Schreibers bitterer Ernst und Not zu stecken scheinen.

Wünsche eines pubertären Verliebten
vor dem elterlichen Ehebett

Oh, könnte ich es doch zweimal,
dreimal, viermal, fünfmal
wöchentlich mieten.
Nicht, um mich blind zu ergötzen
mit jedweder Fremden, vielmehr,

voller Freude und echter Liebe
zu meiner geliebten
großen, kleinen Susanna

und in vollem Ausdruck meiner körperlich-
jugendlichen Kraft
ihr meine Liebe zu zeigen

die, beschränkt durch gesellschaftlich errichtete
Schranken, auf kleinster Flamme
dahinsiechen muss,
um vielleicht irgendwann einmal,
wenn Eheschein und
gesellschaftliche Schicklichkeit es erlauben,

wieder auf volle Größe aufgedreht zu werden.
Um dann aber, ach, o Götter,
nicht mehr zu funktionieren.

Ja, o Götter, auch die
Liebe stirbt langsam.
Sie stirbt den Tod der Zeitdehnung,
sie stirbt den Tod gesellschaftlicher Schicklichkeit,
sie stirbt,
weil zu viele Hindernisse überwunden sein müssen,
eh sie zu voller Blüte ausreifen kann.

Oh, könnte ich es doch mieten,
dieses herrliche Liebeslager,
das große elterliche lustmachende Ehelager!

18

Jetzt ist Freitag. *Der* Freitag.

Gegen vierzehn Uhr wollen die Eltern fahren. Um dreizehn Uhr sagt Mama: »Eigentlich bin ich viel zu müde.«

Nur das nicht, denkt Eva. Und sie will etwas sagen, aber da springt Papa schon ein: »Wenn du müde bist, leg dich doch noch eine halbe Stunde hin, ich mach in der Zeit Lucy und Peer fertig.«

»Hoffentlich bin ich danach nicht noch müder«, gähnt Mama. »Eva, weckst du mich in einer halben Stunde?«

Und ob sie das tut. »Ich bring dir sogar einen Kaffee ans Bett.«

»Lieb von dir.«

O Himmel, wenn die jetzt nur nicht hier bleiben, denkt Eva. Mama arbeitet zur Zeit ziemlich viel in der Buchhandlung.

Eva räumt die Küche auf, Eva hilft Lucy ein Kleid auszusuchen, Eva bewundert Peers neuestes Fernrohr aus aneinander gesetzten Klopapierrollen, Eva legt den Kurzen ins Bett zum Mittagsschlaf. (Den hol ich aber sofort wieder raus, wenn die fort sind. Nicht, dass der heute Abend Theater macht!)

Der Kurze bleibt nämlich bei Eva. Papa und Mama nehmen nur Lucy und Peer mit zu den Bekannten, weil sie Kinder im gleichen Alter haben. Und abends werden die Kinder dann zusammen schlafen gelegt. Und wenn Pa und Ma gehen, legen sie sie einfach hinten ins Auto zum Weiterschlafen und tragen sie zu Hause vorsichtig ins Bett.

Mit Felixbaby wird sie am Nachmittag spielen, und am Abend wird sie ihn eins, zwei, drei ins Bett befördern, damit Martin und sie dann wirklich Zeit für sich haben …

Endlich steigt die nervige Familie ins Auto.

Evas Gedanken gehen im Zickzack zwischen Martin und Baby, das geweckt werden muss, zwischen Pa und Ma, die früher als geplant zurückkommen könnten, und wieder zu Martin. Eva versucht sich zu konzentrieren. So, wie sie um den Marktbrunnen marschiert ist mit Eiskugeln, will sie sich jetzt konzentrieren und Rundenziehen durch das Haus: Wohnzimmer – Küche, Küche – Wohnzimmer. Aber wenn die Gedanken kreuz und quer laufen, kommt man zu keinem klaren Kopf, auch beim Rundenlaufen nicht.

Sie weckt das Baby. Baby ist brummig, will noch schlafen. Bloß das nicht! Sie verspricht ihm eine lange Geschichte, die Lieblingsgeschichte vom Sandmännchen.

»Will nicht!«, brüllt Baby.

Da holt Eva die Kasperlpuppen. Das nützt. Baby will aufstehen. Baby will auch den Drachen mit dabeihaben und der Drache sperrt ganz fürchterlich sein Maul auf.

Und als Martin um fünf Uhr anruft und nur kurz sagt: »Acht Uhr, dann bin ich wirklich da«, da will der Drache sogar das Telefon fressen, und Eva kann es nur mit Mühe vor dem Schlund des Drachen retten.

Wie kriegt man das Baby müde? Nach draußen, spazieren gehen! – Und wenn Martin in der Zwischenzeit anruft?

Also nur in den Garten. Abends wird Eva Felix baden, damit er schön müde wird.

Um sieben Uhr ist Baby im Bett, aber es kommen ihm immer neue Ideen. Also nimmt Eva ihn wieder aus dem Bett und macht sich selbst in der Zeit fertig. Baby hat gemerkt, dass Eva nervös ist, klar.

Und dann passieren immer solche Dinge: Um halb acht fällt Baby die drei Stufen im Wohnzimmer herunter, um Viertel vor acht zieht Baby fast eine Lampe aus dem Regal. Um fünf vor acht malt Baby Papas Post mit einem Filzstift an. Und um acht Uhr klingelt es und Martin trifft eine völlig entnervte Eva an. Sie ist den Tränen nahe.

Und Martin? Der arbeitet am Freitag immer. Er hat einen Job am Flughafen in der Gepäckabfertigung. Freitags und samstags je sechs Stunden, freitags sogar noch direkt nach der Schule. Von dem Geld kann er sich ein bisschen Luxus leisten, davon kauft er sich seine Bücher und spart auf ein eigenes Surfbrett.

Martin ist also eigentlich auch müde, todmüde. Sechs Stunden Schule, sechs Stunden Arbeit.

»Und in der Nacht davor nur vier Stunden Schlaf, weil ich so aufgeregt war«, sagt er.

Doch müde will er jetzt nicht sein, er ist ganz aufgekratzt, freut sich, nimmt Eva schon an der Tür in den Arm. Da kann Eva für einen Augenblick versinken, bis Baby schreit: »Ich auch!«

O Gott, wenn das jetzt den ganzen Abend so geht! Das wird ja ein Superaufklärungsabend für Baby.

»Ich auch!«

Aber Martin gelingt es dann doch mit Evas Hilfe und einer schönen langen Ich-auch-Kasperl-und-Mickymaus-Geschichte, den Kleinen wieder ins Bett zu befördern.

»Aber Tür auf!«, schreit er.

»Hoffentlich brüllt der jetzt nicht die ganze Zeit wie eine durchgedrehte Mickymaus«, seufzt Eva.

»Tür auf!«, schreit Baby noch einmal.

»Klar«, sagt Martin.

»Auch das noch«, stöhnt Eva.

Und dann haben sie endlich Zeit für sich.

»Du siehst müde aus«, sagt Eva.

»Bin ich auch«, sagt Martin, »aber ich hab mich

sooooo gefreut.« Er hat vor lauter Aufregung fast die halbe letzte Nacht wach gelegen und jetzt – ja jetzt merkt er wirklich, dass er müde ist.

»Sollen wir erst etwas essen?«

»Ja, aber nicht zu lange, wir haben nur noch drei Stunden, dann kommen deine Eltern zurück.«

Danach schließt Eva ihr Zimmer ab, damit Felix nicht plötzlich reinkommen kann, aber sie merkt, dass Martin trotzdem bei jedem Geräusch nach draußen horcht oder sogar zusammenzuckt.

Sie streichelt ihn. Dann öffnet sie langsam sein Hemd. Sie will jetzt einfach mit ihm zusammen sein. Sie streicheln sich, dabei legen sie sich langsam hin. Es ist schön, seine Haut ganz nah an ihrer zu spüren. Er tastet mit seiner Hand an ihrem Bauch entlang …

Da geht draußen das Telefon.

»Klingeln lassen«, flüstert er.

»Dann wird Felix wach.« Sie springt hoch, rennt schnell zum Telefon, hebt ab und drückt auf die Gabel, sodass das Gespräch beendet ist, bevor es überhaupt angefangen hat. Soll der, der da angerufen hat, denken, was er will. Sie ist jetzt für Martin da und nicht für irgendeinen, wen auch immer.

Sie legt sich wieder zu ihm, aber die schöne Stimmung von vorhin ist vorbei. Und Martin, das merkt sie, fühlt sich auch nicht ganz wohl mit dem kleinen Bruder zwei Stock höher, dem Klingeln des Telefons zwischendurch und den Eltern, die – mittlerweile ist es zehn Uhr – in zwei Stunden zurückkommen werden.

Sie fühlt. Eine Hand gleitet an ihm entlang. Er streichelt über ihre Brust. Wenn er darüber streichelt, treten ihre Brustwarzen heraus und werden ganz hart.

»Ganz hart«, flüstert er.

»Und bei dir auch«, flüstert sie.

Er schüttelt den Kopf. »Nein«, sagt er, »nicht mehr. Schlimm?«

»Nein.«

»Aber das wird schon wieder.«

Da schreit ihr kleiner Bruder los. Er hat manchmal nachts Angstträume, schreit los, wird dabei gar nicht richtig wach. Mama geht dann immer zu ihm hin und beruhigt ihn. Er schreit ganz laut.

»Da muss ich hin.« Sie rennt hinauf; er beruhigt sich sehr schnell.

»Schlimm?«, fragt jetzt sie, als sie zurückkommt.

Er schüttelt den Kopf. Da fängt sie an zu weinen. Er nimmt sie in den Arm. Sie liegen da und starren in das Dunkel, das nur durch eine flackernde Kerze unterbrochen ist.

Um halb zwölf sagt Martin, er müsse jetzt bald gehen. Sie findet das auch besser. Sie denkt zwar, dass ihre Eltern vielleicht nichts dagegen haben würden, wenn er bliebe. Aber sie haben noch nicht darüber gesprochen.

Er drückt sie an sich. Ein Stück Wärme kehrt zurück. Er fragt sie, wie sie sich fühlt.

Eva sagt nur, was sie sich vorgestellt und gewünscht hat. Auf jeden Fall viel, viel mehr. »Ein Fest«, lacht sie. Das kann sie wenigstens noch: lachen. Da zieht er sie noch einmal an sich.

»Wir müssen eine andere Lösung suchen«, sagt er. »Ich lass mir was einfallen.«

Sie liegen, jeder für sich, und denken nach. Da hört Eva draußen ihre Eltern kommen. Verflixt. Eva und Martin liegen wie erstarrt da.

Eva hört, wie der Vater mit Lucy spricht und sie leise die Treppe hinauf in ihr Bett trägt, die Mutter wird den Peer auf dem Arm haben. So ist das immer, wenn sie die beiden zu einer Einladung mitgenommen haben. Jetzt hören Martin und sie nichts mehr.

Heute Abend wird ihr Vater nicht mehr kommen und die Musik abstellen und Eva Gute Nacht sagen. Heute Abend wird er denken, Eva schläft. Es ist ja schließlich schon Mitternacht. Da sagt Eva zu Martin: »Bleib hier.«

»Ehrlich?«, fragt Martin.

»Ehrlich«, sagt Eva. »Die werden gleich schlafen gehen«, sagt sie, »und wir haben mehr Ruhe als vorher.«

»Gut«, sagt er, »und in der Frühe schleich ich mich hinaus.«

Aber da kommen Schritte, die sich Evas Zimmer nähern. Stöckelschritte. Mutterschritte.

Eva überlegt, was sie tun soll.

Doch die Mutter wartet vor der Tür, poltert nicht einfach in das Zimmer hinein, Mutter klopft so höflich, wie eine Mutter bei einer Tochter klopfen kann.

Und in der Zeit ist in dem Zimmer eine Schranktür aufgeflogen, und ein großer, langer Martin hat sich in Windeseile in einen voll gestopften Kleiderschrank eingeklappt und gefaltet und wartet nun ergeben zwischen

Angorapullovern, schwarzen Jeans, thronend auf einer engen Röhrenjeans und zwei Miniröcken, dass Evas Mutter keinen langen Bericht von »Und-du-weißt-schon-der-Onkel-Emil-und-die-Tante-Auguste« gibt, sondern dass Eva, während sie sich den Pullover auszieht, der Mutter klarmacht, dass sie superhundemüde ist, jetzt gerade ins Bett plumpsen und in Sekundenschnelle in tiefsten Schlaf versinken möchte. Das Gähnen gelingt großartig.

»War alles gut?», fragt Mama.

Eva nickt.

»War ein schöner Abend ...« Und da will sie tatsächlich anfangen zu erzählen, zunächst von Onkel Emil und Tante Auguste, zu denen Eva früher auch immer mitgefahren ist und die ... Aber Eva macht durch ein erneutes lautes, herzzerreißendes Gähnen die Mutter wiederum darauf aufmerksam, dass sie gerade heute und zu dieser Uhrzeit nicht die geringste Lust hat, der Mutter aber auch nur eine Minute länger zuzuhören, sondern unverzüglich ins Bett will.

Die Mutter schielt noch einmal in das Zimmer, meint Eva, der Blick bleibt am spaltbreit geöffneten Schrank hängen, dann gibt sie sich einen Ruck, nickt mit dem Kopf, sagt: »Gute Nacht!« und verschwindet.

»Gute Nacht«, ruft auch Eva und ist froh, als die Mutterschritte sich wieder treppauf in gleichmäßigem Tempo zum Schlafzimmer der Eltern bewegen. Eva dreht den Schlüssel. Jetzt kann keiner mehr herein, keine Gute Nacht wünschende Mutter, kein Musik abstellender und Kopf streichelnder Vater.

Eva wickelt sich den Pullover um, macht den Schrank auf, und Martin klappt sich wieder zur vollen Länge aus, rekelt sich, streckt sich. Und danach sind im Zimmer nur noch Eva und Martin.

Was in dieser Nacht noch geschieht, ist nicht das, was Eva erwartet hat, ist auch nicht das, was Martin erwartet hat. Es sind Eva und Martin, die nebeneinander gekuschelt, ineinander geschmiegt liegen und sich streicheln. Und dann wird das Streicheln immer stiller, ruhiger, bis die Hand stehen bleibt und sie beide gleichmäßig atmend nebeneinander liegen und schlafen, bis der Wecker, den sie vorsichtshalber gestellt haben, sie weckt. Eva drückt Martin, Martin drückt Eva. Leise schleichen sie gemeinsam nach oben zur Haustür. Martin holt sein Rad und fährt schlaftrunken nach Hause.

Eva schaut ihm nach ins Licht, und wenn auch die aufgehende Sonne hell und voller Freude ist, so liegt doch in Eva eine kleine Trauer über das, was in der letzten Nacht nicht war, weil sie zu müde waren und weil zu viele Menschen drum herum waren, die ihre Geräusche und Worte in die Stille schoben zwischen Eva und Martin, in die Stille, die für sie notwendig gewesen wäre, um das zu tun, was sie vorhatten zu tun und was dann doch nicht ging.

Beim Frühstück sind Ma und Pa bester Laune. Sie scheinen den gestrigen Abend sehr genossen zu haben.

»Eva, stell dir vor, die Meyers haben uns alle ganz spontan zum Grillen in ihr Wochenendhaus eingeladen.

Da es zu weit ist, um nachts noch zurückzufahren, werden wir dort übernachten«, erzählt Papa.

»Uns alle?«, fragt Eva.

»Die ganze Familie«, sagt die Mutter.

»Mich auch?«, fragt Eva.

»Dich eigentlich auch«, sagt die Mutter.

Warum sagt sie eigentlich? Ahnt sie schon, dass Eva nicht mitwill?

»Kann ich hier bleiben?«

Vater und Mutter verständigen sich kurz über ihren dampfenden Kaffeetassen.

»Wenn es sein muss«, sagt der Vater.

»Danke«, sagt Eva.

Juchhu, denkt Eva. Gleich ruf ich Martin an. Endlich, denkt sie, endlich ist es so weit. Endlich kann »bald« wirklich sein.

19

Abend. Eva wartet, schon lange, sie wartet, dass Martin von seiner Arbeit am Flughafen kommt.

Plötzlich horcht sie auf. Es hat geklingelt. Sie läuft zur Haustür. Reißt die Tür auf. Da steht er.

»Eva!«

Martin legt wieder seine langen Oberarme auf Evas Schultern, wickelt sie um ihren Hals, fasst vorsichtig ihren Kopf mit einer Hand, legt ihn in seine Hand und nähert sich mit den Lippen. Sie schauen sich an. Jetzt hat er fast drei Augen, denkt Eva, dann küsst er sie, fährt mit der Zunge durch ihren Mund, fährt an den Außenwänden entlang, an den Zahnreihen und streicht schließlich an ihrer Zunge entlang, um sich mit ihr zu verweben zu einem zitternden, tanzenden, kreisenden Auf und Ab.

Martin, denkt Eva und sie spielt mit den Lippen und mit ihrer Zunge durch seinen Mund bis in die Wölbung des Gaumens. Dort bleibt sie stehen, berührt, stupst und schubst, löst sich und zittert.

Martins Arme gleiten an ihrem Körper nach unten, Evas Arme wickeln sich um ihn, bleiben stehen, fassen, warten, staunen.

Martin schaut sie an. »Eva«, mehr sagt er nicht. Sie schauen sich an, und dann gehen sie in Evas Zimmer.

Eva legt eine CD ein. »Are you lonesome tonight«, singt Elvis.

Endlich sind sie allein und ungestört. Sie haben das ganze Haus für sich. Und da ist kein brüllender Felix, und keine Eltern können jeden Augenblick zurückkommen.

Und trotzdem verschließt sich etwas in Eva. Sie lässt Martin los, lässt ihre Arme sinken. Er schaut sie an. Ein wenig kennen sie sich ja inzwischen.

»Hast du … Angst?«

Ja, denkt sie, nein, denkt sie. »Jö«, sagt sie.

»Ich auch«, flüstert er. »Ich war heute Nachmittag während der Arbeit schon ganz aufgeregt. Ich musste immer an uns denken.«

»Ich auch.« Eva umarmt Martin.

Sie schauen sich an.

»Du siehst gut aus, Eva!«, flüstert Martin. »Du siehst so aus, wie ich mir das immer erträumt habe.«

Eva nimmt ihre Haarsträhne und kaut darauf herum.

Da steht sie, da steht er in seiner engen Jeans.

»Wovor hast du denn Angst?«, fragt er. »Vor mir?«

»Nein, nicht vor dir, Martin. Vor allem, auch vor dem Ausziehen, vor mir selbst, jetzt auf einmal, heute, ich weiß auch nicht, wieso.«

»Ich möchte dich jetzt fühlen«, flüstert er.

Er gleitet langsam mit den Händen vom Rücken zu den Seiten und zieht ihren Pullover hoch. Sie werfen zusammen den Pullover neben den Schrank. Jetzt dreht Eva sich, lässt ihre Hände zu seinem Hemd gleiten und knöpft es auf. Die Hand fährt über seine Arme.

Sie wirft das Hemd zu ihrem Pullover. Dann setzen sie sich voreinander und ziehen einander an den Beinen die engen Jeans aus. Danach fliegt alles andere hinterher in die Ecke: BH – Hemd – Slip. Sie haben sich noch nie ganz nackt gesehen. Eva will sich verstecken, jetzt, auf einmal, ist alles anders.

Er streichelt ihre Brust, sie zieht ihn langsam hinunter auf ihr Bett. Seine Hand gleitet nach unten, ihre Hand wird geführt von seiner.

»Ich bin sehr aufgeregt«, sagt er.

»Ich auch.«

»Streichel mich«, flüstert er. Sie lässt ihre Hand an seinem Körper entlanggleiten.

»Woran denkst du?«

»An alles, an uns.« Sie küssen sich.

Er dringt zärtlich mit dem Finger in sie ein und streichelt sie sanft.

Es ist ganz dunkel im Zimmer, nur eine Kerze und das Licht des CD-Players. Die Musik ist zu Ende. Sie liegen da.

»Heute«, stammelt sie plötzlich.

»Willst du?«

»Ja.«

Er tastet nach seiner Jeans.

»Was suchst du?«

»Was wohl?«

»Den Präser.«

»Haben wir doch so verabredet«, flüstert er. Er krabbelt zurück zum Bett, zieht ihn aus der Packung.

»Darf ich ihn überziehen?«

»Wirklich?«, fragt er.

Sein Glied ist groß und steif. Sie nimmt es in die Hand, die Haut ist sehr zart und sehr gespannt, und sie zieht sehr vorsichtig das Präservativ über. Sie will ihm nicht wehtun. Sie fährt durch seine Schamhaare.

»Fast wie Streicheln war das«, sagt er und nimmt sie in den Arm.

»Streichelst du mich auch weiter?«

»Ja, natürlich.«

Martin streichelt mit der Hand an ihrem Körper entlang, tastet, fühlt, bleibt stehen, horcht. Der Rücken, die Brust, die Taille, das Becken. Es ist fast zu viel, zu streicheln und gestreichelt zu werden. Nach innen zu horchen und nach außen da zu sein.

Sie merkt, dass er schon sehr erregt ist.

Sie tastet nach seinem Gesicht, fährt am Nacken entlang den Rücken hinunter. Sie zieht ihn an sich, streichelt sehnsüchtig mit ihrer Hand über seinen Rücken. Ob es wehtut? Er dringt in sie ein. Sehr langsam, zögernd. Aber dann auf einmal zieht er sich an sie heran, es ist so schön, allein der Gedanke, dass sie zusammen sind, er drückt sie, und sie merkt einen leisen Stoß und Schmerz, und Martin liegt auf ihr, er kommt sofort. Es ist warm.

Er streichelt ihr Gesicht. Sie liegt still wie in einem Traum, der langsam hinter ihr herkriecht. Sie war noch nicht so weit.

»Es ging nicht länger«, sagt er. »Es tut mir Leid.«

Es ist so schnell gewesen, dass sie kaum weiß, was gewesen ist.

Er legt seinen Kopf auf ihren Nabel. »Ich glaube, es ist für die Frau beim ersten Mal immer so … so seltsam schnell«, flüstert er. »Beim nächsten Mal werde ich es langsamer versuchen«, und er flüstert sofort hinterher: »Ich liebe dich, Eva.«

»Du denkst nicht mehr, dass du mich liebst? Du liebst mich?«, fragt sie.

Er drückt sie ganz fest an sich.

»So könnte ich lange liegen.«

Sie schlafen danach ein bisschen. Eng umschlungen. Sie merken kaum, wo Eva anfängt und wo Martin aufhört.

Als sie wach werden, liegen sie noch genau wie vorher.

Sie streicheln sich. Er nimmt ihre Hand und führt sie an sein Glied.

»Streichel ihn ein bisschen, ja?«

»Sollen wir ihm einen Namen geben? Ich mein ja nur«, sagt sie, »die Wörter, die es so gibt, mag ich nicht.« Sie zögert. »Wörter«, sagt sie, »was sind überhaupt Wörter gegen das?« Und sie schmiegt sich ganz eng an ihn.

»Tom, nenn ihn Tom«, flüstert er und kichert.

»Ja«, sagt sie und kichert auch, während sie Tom streichelt.

Licht fällt durch die Jalousetten, kriecht in das Zimmer und zeichnet Martin, wie er dort auf dem Bett liegt, die Arme nach Eva ausstreckt, ihre Haut berührt, so als wolle er darüber hüpfen, gleiten, zart tupfen.

Sie streift ihm ein neues Kondom über, rollt es ganz behutsam ab. Er dringt wieder in sie ein. Dieses Mal spürt sie es deutlicher. Sie streicheln sich. Sie bewegen sich. Sie macht die Beine breit, spürt ihn ganz tief, und seine Hand fasst fester. Sie fährt an ihrem Körper entlang, wie ein langer Schauer, ein Lichtstrahl tupft Punkte in sein Gesicht, die springen, hüpfen, stehen im Rhythmus seiner Bewegungen.

Sie wartet. Er wartet.

Die Finger seiner Hand springen über ihren Körper, verhaken sich fast in einem Bündel Haare, kitzeln, ein Rieseln, ein Hauch, der durch den Körper aufsteigt, absteigt.

Sie halten die Zeit an, die Körper sind gespannt, sie merkt, dass er kommt. Sehr schnell.

Die Zeit rast.

Sie schweigen. Liegen. Man müsste die Zeit festhalten können, denkt sie.

Sie lauschen ihrem schnellen Atem.

»Du, war es ein bisschen schön für dich?«

»Ja, schöner als vorher«, und sie will etwas erklären, etwas von dem Hauch, dem Nebel, der Zartheit, dem Schleier.

»Auch, wenn du wieder nicht so weit warst?«

»Ja, aber es war schön für mich, weil ich dich gespürt habe.«

Als Antwort fährt er mit der Hand über ihre Haare. Die Hand bleibt an der Schulter stehen, ruht aus. Und sie wandert mit der einen Hand über seinen Rücken, mit der andern über seinen Körper bis zu den Zehenspitzen und wieder hinauf, die Beine, die Schamhaare, den Bauch, die Brust. Dort bleibt sie stehen.

»Morgenspaziergang«, sagt sie. Und sie krabbelt mit der Hand noch einmal an seinem Rücken hoch.

Plötzlich schnellt sie hoch, sitzt aufrecht im Bett.

»Ich hab eine Idee«, ruft sie, »ich habe die Idee des Tages.«

Er liegt lang gestreckt auf dem Bett, verschränkt die Arme unter dem Kopf, schaut sie an.

»So, Eva hat eine Idee! Und welche, bitte?« Er lächelt breit. Wie sie dort sitzt! Die wippenden Brustspitzen, die sich jetzt im Takt ihrer Worte heben.

Sie schaut an sich hinunter. Sie lacht: »Wir baden, nein, wir machen ein Badefest!«

Und kurze Zeit später sitzen sie in der sich langsam füllenden Familienbadewanne in einem Riesenberg weißen Schaums. Martins schmaler Körper in der großen Badewanne unter weißem Schaum. Martin ist kein braun gebratener Muskelprotz, er ist eher lang und zart und schmal – wie seine Hände, auch wie seine Gedanken, obschon sich das ja komisch anhört, denkt Eva. Und sie setzt ihm als Erstes eine große Schaumkrone auf seinen Kopf und macht ihm einen Schaumbart. Dann setzt sie ihm einen großen Schaumball auf sein Glied, das jetzt so klein ist wie eine Blumenknospe.

»Tom Groß, Tom Klein, ein Zaubertom«, lacht sie. Aber der Schaum wird bald wieder fortgespült durch das langsam in der Badewanne ansteigende Wasser.

Martin schaut sie nur an, wie sie sich langsam bewegt und ihm Schaumberge überall hinwirft, sodass er für Augenblicke aussieht wie ein großer Schneeschaummann in der Badewanne, dessen Schaumhülle langsam abschmilzt, nach unten gleitet und zurück bleibt der hellhäutige, schmale Martin, der vor Feuchtigkeit glänzend und glatt jetzt nach der ihm gegenübersitzenden Eva greift und sie zu sich zieht. Sie dreht sich langsam um, so dass sie jetzt auf seinem Schoß sitzt. Ganz eng an ihn geschmiegt sitzt sie auf seinen Beinen, und er umfasst von hinten ihren Bauch und wandert mit den Händen langsam zu ihren Brüsten hinauf.

»Hab ich dir heute schon gesagt, dass ich dich liebe?«, singt er, singt sie, singen sie. Und sie streichelt ihn rückwärts mit den Händen vom Glied bis zur Brust, bis hinauf zum Kopf und wieder hinunter am Rücken, und sie dreht sich um mit einer großen Welle, die jetzt überschwappt aus der großen, inzwischen reichlich gefüllten Badewanne und das ganze Badezimmer unter Wasser setzt.

Und sie umfassen sich, kugeln und rutschen nach unten, glucksen. Er zieht die Beine an, und sie liegt für einen Augenblick mit dem Kopf unter Wasser auf seinem Bauch.

»Ophelia«, murmelt er, »im Wasser schwimmt dein dunkles Haar, und ich möchte Blumen hineinflechten und Träume.«

Dabei zieht er sie langsam wieder hoch, sie schüttelt sich wie ein junges, wildes Tier, das, nass geregnet, sich wehren will, schüttelt sich, und das Wasser von ihren Haaren spritzt rundherum in das ganze Badezimmer und ihm ins Gesicht, in die Augen.

Er blinzelt.

»Warte«, sagt er. Er nimmt sie, er drückt sie, er hebt sie aus der Badewanne, steht auf mit der Eva auf dem Arm und schreitet mit ihr durch den Flur und zieht wie der Wassermann in den Nixenmärchen eine lange Wasserspur hinter sich her. Quaksende, glucksende Schritte, die dann auf dem Teppichboden in normales Tapp-Tapp übergehen und, nachdem die Tür von Evas Zimmer aufgerissen ist, nach einigen Schritten in einem dumpfen Plumps von Eva im Bett enden. Sie streckt ihm die Arme entgegen, und er kuschelt sich auf sie, sie ziehen die Bettdecke drüber und verschwinden unter ihr in einem dunklen, warmen und von Liebkosungen erfüllten Martin-und-Eva-Haus.

Stunden vergehen, Schlaf und Traum wechseln.

Plötzlich fällt ein Lichtstrahl mitten in Evas Gesicht. Und so, wie sie vorher hochschnellte, um das Badefest einzuleiten, so ruft er jetzt: »Ich hab Hunger!« Und die beiden schlüpfen schnell wieder in ihre Kleidung und laufen hinauf in die Küche, wo die Sonne, die am späten Vormittag in das Fenster spielt, Schatten wirft und Wärme verbreitet.

Während der Kaffee in ihren Tassen dampft, geht das Telefon. Es ist für Martin.

»Martin, wo bleibst du denn?», sagt seine Mutter. Und da fällt es Martin wie Schuppen von den Augen. Die Taufe, zu der seine Mutter und er eingeladen sind! Und er hatte ihr fest versprochen mitzugehen.

»Ich komme sofort«, sagt er.

»Beeil dich, wir sind spät dran!«

»Du darfst jetzt nicht fortgehen.«

»Ich muss.« Er nimmt sie in die Arme. »Kleine Frau«, flüstert er, »ich lieb dich.«

»Ich dich auch.«

»Für immer.«

»Für immer.«

Ganz seltsam ist es ohne Martin und ganz allein im Haus. Ganz allein mit sich selbst und ihren Gedanken, die durch den Kopf wirbeln und nach draußen wollen. Am liebsten möchte sie es jetzt und auf der Stelle allen sagen: »Mama, Papa, Peer und Lucy! Kommt mal alle her! Ich will euch was sagen! Du, Papa, du, Mama, wir haben zusammen geschlafen.« Dudeldidu, so möchte sie es herauströten. Alle, alle sollen es hören. Dudeldidu!

»Und es war so schön, Leute! Wenn auch noch nicht

alles so geklappt hat, aber wir schaffen das schon! Die Liebe braucht eben Übung. Viel Übung.«

Aber Papa und Mama kann man es nicht einfach so sagen und den Geschwistern schon gar nicht, mit denen kann sie es nicht feiern! Und sie sind ja jetzt auch nicht da.

Da geht sie ins Bad und duscht und betrachtet sich im Spiegel.

»Eva«, sagt sie der im Spiegel und sie jubelt:

Der totale Wahnsinn ist das doch!
Dudeldidu,
der totale Irrsinn, Wahnsinn!
Dudeldi,
was soll das – deldi?
Dudel?
Was noch, dudu.
Ich du
dudel
Er di
und sie du
Tja dudeldidu
Echt wahnwitzig.

Und sie will etwas schreiben über Liebe und seinen Körper und wie sie gelegen haben.

Sie sammelt Wörter. Aber die Wörter taugen nicht. Wie hölzern die Wörter sind! Wie viel ist dazwischen, was nicht gesagt wird. Warum gibt es so viele verschiedene Wörter?

Wie klingt »Je t'aime«?

Wie klingt »I love you«?

Wie klingt »Ich liebe dich«?

Ob Deutsche, Franzosen, Engländer bei diesen Sätzen das Gleiche empfinden, anderes und anders empfinden?

Und dann schreibt sie ein Gedicht an Martin:

Bist du es oder bin ich es?
Wer oder was ist es überhaupt?
Dudeldidu!
Es ist ein Lied!?
Nein, ein Freudenschrei!
Oder bist du es doch?

Die erste Frage gibt ihr zu denken: »Bist du es oder bin ich es?«

Warum kennt man oft nicht die Grenze zwischen ich und du? Eva erinnert sich an eine Geschichte von Platon, die sie mal in der Schule gelesen haben. Das ist zwar nur eine Geschichte, aber sie ist schön.

Die Menschen lebten ursprünglich als Hermaphroditen, als Doppelmenschen. Am Hinterkopf war dieser Doppelmensch zusammengewachsen. Aber die Hermaphroditen waren den Göttern zu kraftvoll und zu mächtig, so dass Zeus sie trennte in Mann und Frau. Und so lebten sie fortan getrennt als zwei Menschen. Aber seitdem sehnen sie sich nacheinander, weil sie wissen, dass sie zu irgendwem gehören, der auch über die Erde läuft, und vielleicht finden sie ihn einmal und fragen dann: »Bist du es oder bin ich es?«

Eva liegt auf ihrem Bett und denkt weiter nach über die Wörter und die Menschen und die Sehnsucht. Sie steht auf und geht wieder ins Bad, um sich noch einmal im Spiegel zu betrachten.

»Bist du es oder bin ich es?«, fragt sie ihr Spiegelbild, während sie sich an die gemeinsame Nacht mit Martin erinnert. Und zum ersten Mal fühlt sie sich ganz bewusst eins mit sich und ihrem Körper. Das ist sie, das ist Eva, Martins Freundin, die ihr da aus dem Spiegel entgegenschaut.

Dudeldidu!

20

Zwei Stunden später. Eva denkt an Martin. Ihr Hochgefühl ist Trauer gewichen. Martin ist jetzt mit seiner Mutter bei dieser Taufe.

Warum hat er sie ausgerechnet heute allein gelassen? Ausgerechnet heute! Hätte er seiner Mutter nicht einfach absagen können? Ist seine Mutter ihm wichtiger? Zieht er sie vor? Warum muss sie hier sein und allein? Und er dort und zu zweit? Ist das Versprechen, das er seiner Mutter gegeben hat, wichtiger als das, was sie heute Nacht gemeinsam erlebt haben?

Eva sitzt in ihrem Zimmer und starrt in den Garten, den Garten, den sie sonst immer über alles gern gehabt hat. Trotz der Sonne wirkt er jetzt öde und leer. Martin.

Warum ist er nicht hier? Da klopft es. Papa. Sie sind gerade zurückgekommen.

»Willst du mit uns Kaffee trinken?«

Eva schüttelt den Kopf.

»Eva!«, sagt Papa. »Was ist denn, Eva?«

»Martin ist mit seiner Mutter unterwegs.«

»Na und«, sagt der Vater, »seine Mutter hat ja wohl auch hin und wieder das Recht darauf, etwas mit ihm zu unternehmen, oder?«

»Trotzdem«, sagt Eva.

»Ja«, sagt der Vater, »ich kann das verstehen. Wenn man gerade verliebt ist, dann meint man, es gibt nichts anderes als den andern, und dann darf es auch keine Mutter geben.«

Eva schweigt. Sie denkt wieder an den Hermaphroditen.

Das Du fehlt. Sie ist nicht vollständig ohne Martin. Das ist es.

»Kommt Martin denn heute Abend?«, fragt Papa.

Eva nickt.

»Na siehst du«, sagt Papa. »Los, jetzt komm, sonst ist von dem Kuchen nichts mehr übrig.« Papa geht nach oben.

Ob er nichts gemerkt hat? Er muss es doch gemerkt haben, dass sie zum ersten Mal mit Martin geschlafen hat. Das sieht man doch. Oder?

Papa hat ja Recht. Martin kommt heute Abend. Kein Grund, bis dahin Trübsal zu blasen. Und eigentlich will sie auch mit der Familie Kaffee trinken, aber Lisa hat mal gesagt, dass man es jedem und jeder an der Nasenspitze ansähe, wenn er/sie zum ersten Mal mit einem/einer geschlafen hat. Das hatte Lisa irgendwo gelesen. »Das siehst du, das Gesicht ist anders.«

»Wie anders?«, hat Eva gefragt.

»Reifer, nehme ich an, irgendwie reifer«, hat sie herumgestottert. Mehr wusste sie auch nicht.

Eva stellt sich vor den Spiegel in ihrem Zimmer und betrachtet eingehend ihr Gesicht. Denn was sie vor wenigen Stunden noch am liebsten in die ganze Welt hinausposaunt hätte, möchte sie nun lieber doch nicht auf der Nasenspitze und für alle sichtbar stehen haben.

Seh ich anders aus? Reifer?, fragt sie ihr Spiegelbild. Was ist überhaupt reif? Reif ist ein Apfel im Herbst. Wenn er reif ist, fällt er – plong – vom Baum. Eva muss lachen. Ja, so ist es jetzt auch mit ihr. Sie ist reif.

Deswegen kommen ihr die andern in der Schule auch so kindisch vor, deswegen geht ihr auch die Familie, Mama, Papa, Geschwister, auf einmal so auf den Nerv.

Eva fällt jetzt – plong – vom Familienbaum ab. Plong!

Aber ganz so weit ist es ja wohl noch nicht! Erst noch die Schule abschließen! Sie seufzt. So lange muss Eva das alles noch ertragen, auch wenn sie – plong – schon so reif ist und – plong – abfallen könnte. Nein, Eva hängt reif am Baum.

Sie schaut sich wieder an, zieht Fratzen, muss lachen. Ob Martin auf seiner Taufe gerade ähnliche Gedanken hat? Da muss sie noch mehr lachen. Ob er jetzt auch irgendwo vor dem Spiegel steht? Heimlich, damit niemand etwas davon mitbekommt?

Aber anders sieht sie wirklich nicht aus. Lisa hat wohl nur wieder so dahergequatscht, was der gesagt hat und der gesagt hat. Jeder quatscht es nach und tut noch seinen Quark dazu. Und die Lisa mittendrin – typisch, und die Eva glaubt das – auch typisch.

Nur der Pickel, der blüht noch. Mitten auf der Nase.

Sie betupft ihn mit Creme. Sie betrachtet ihn. Der ist auch bald reif. Dann springt er – plong – auf und ist weg. Gut, dass das bei Menschen nicht auch so ist. Reif und – plong – ist man weg. Dann besser so – warten, abwarten, bis man – plong – abfallen kann.

Eva seufzt.

Aufräumen müsste sie. Sie wird es gleich tun. Es sieht wirklich höllisch aus, besonders im Schrank. Aber das Bett wird sie lassen. Der Duft von Martin hängt noch in den Kissen.

Sie geht in die Küche.

»Hallo«, murmelt Eva.

Mama steht vor der Spüle, Gesicht zum Fenster.

Ob Mama ihr was anmerkt?

Da kommt auch schon der Test. Mama dreht sich um, schaut sie an.

»Schon ausgeschlafen?«

»Nicht ganz«, sagt Eva, »bin noch ein bisschen müde.« Sie will lieb sein zu Mama. Mama schaut sie so merkwürdig an. Oder bildet sie sich das nur ein?

»Du müsstest heute wieder mal dein Zimmer aufräumen, Eva«, sagt Mama im Hinausgehen. Wenn Mama solche Sachen sagt, quetscht sie die Sätze immer so komisch zusammen. Und dieser Befehlston, in dem sie das sagt! Originalton Mama. Mama-Kind-Spiele. Zimmer aufräumen! Zimmer aufräumen? Jetzt nicht mehr. Jetzt schon gar nicht. Aus Prinzip nicht. Zum Kotzen ist das. Da könnte man vor Wut abfallen von diesem beknackten Familienbaum. Extra hat sie das gesagt, extra, weil sie was gemerkt hat – und es nicht wahrhaben will, dass sich etwas verändert hat.

»Zimmer aufräumen ist meine Sache«, ruft Eva ihr patzig hinterher, rennt aufs Klo und schmeißt die Tür hinter sich zu.

Mama soll doch ihre Sachen machen. Soll sich um ihre Angelegenheiten kümmern. Soll einen Kochkurs machen. Kochkurs »Mutterglück«. Soll sich um Papa kümmern, um Lucy, um Peer, um Felixbaby, die das noch brauchen. Stattdessen schnüffelt sie bei ihr herum, kommt nachts mit Kontrollblick in ihr Zimmer und hat nichts Besseres zu tun, als einem das bisschen Unordnung, diese lächerlich unwichtige Unordnung als Begrüßung an den Kopf zu schmettern. Eva springt vom Klo auf, zieht ab. Vielleicht ist Mama ja jetzt wieder in ihrem Zimmer und schnüffelt, findet die benutzten Kondome bei der Papierkorbkontrolle, entdeckt die Blutspur auf dem Betttuch, schaut im Schrank nach, ob da noch ein zusammengefalteter Martin sitzt! Kondomschnüfflerin! Betttuchspurensucherin! Schrankspionin!

Eva geht in ihr Zimmer, keiner da, trotzdem schließt sie die Tür mit einem Knall. Die Mamavorstellung heute hat wieder gereicht. Jetzt räumt sie nicht auf. Jetzt nicht mehr.

Eva rollt sich in die Bettdecke ein, Eva springt wieder auf, Eva sieht ihre Schultasche, Eva müsste jetzt eigentlich Hausaufgaben machen, Eva hat jetzt eigentlich Kuchen essen wollen ... Aber Eva macht gar nichts, weil sie Wut hat auf die ganze Familie, vor allem auf Mama, die soll jetzt ja nicht noch einmal kommen.

Das schöne Gespinst von Martin-Schlafen-Erinnerung-Träumen ist wie weggeblasen aus Evas Kopf. Das kann Mama so einfach mit einem einzigen Satz. »Du müsstest heute wieder mal dein Zimmer aufräumen, Eva!« Eva schaut aus dem Fenster. Die Sonne brennt. Eva heult, sie schaut auf die Uhr. Um achtzehn Uhr kommt Martin. Eva wartet auf Martin.

Um achtzehn Uhr klopft Papa an Evas Tür.

»Eva, Martin ist da.«

Eva erwacht aus ihrer Wut und ist froh, dass der Vater sich gleich wieder verzieht. Wenigstens jetzt will sie Martin ganz für sich allein haben. Schlimm genug, dass er den ganzen Tag über mit seiner Mutter unterwegs war. Dass sie ihn ausgerechnet heute mit seiner Mutter teilen musste.

Sie unterhalten sich. Es gelingt Eva sogar, über ihre Eifersucht zu sprechen.

Martin sagt, dass es ihm unheimlich Leid getan habe, sie heute Vormittag allein zu lassen. Aber er habe es seiner Mutter versprochen gehabt. Und versprochen ist versprochen. Eva dürfe auch nicht vergessen, dass er mit seiner Mutter allein sei, seit der Vater vor vielen Jahren, als er noch ganz klein war, gestorben sei. Er müsse sich auch um seine Mutter kümmern, Zeit mir ihr verbringen, weil er sich ein Stück verantwortlich für sie fühle.

Eva zeigt ihm ihr Dudeldidu-Freudengedicht. Sie weiß jetzt immer mehr, dass sie einen Beruf mit Wörtern, mit Sprache will.

»Ja, ich werde Journalistin«, sagt sie. »Ich spüre es, ich weiß es immer dann, wenn ich an Texten arbeite. Auch in der Redaktion. Ich weiß es einfach, wenn die Texte so auf mich überspringen. Wenn ich die Worte forme, verändere, in einen Satz hineinlege, wenn er vollkommen werden soll. Ich fühl es im Bauch, in den Ohren, im Kopf, sogar in den Füßen.«

Martin grinst. Martin hört ihr zu. Martin mag diese Begeisterung.

Danach unterhalten sie sich schweigend, ganz ohne Worte. Sie liegen aneinander gekuschelt auf dem Bett und hören Musik. Ihre Hände wandern, gehen auf Entdeckungsreise. So könnten sie immer liegen. Miteinander verschmolzen, ohne Worte.

Dann erzählt Eva ihm noch die Platon-Geschichte. »Bist du es oder bin ich es?«, fragen sie sich gegenseitig, während sie eng umschlungen Kopf an Kopf auf dem Bett liegen.

Dann muss Martin gehen. Er schreibt morgen eine tierisch schwere Physikklausur und muss bestimmt die halbe Nacht durchpauken.

»Ich denke morgen an dich, ganz fest«, sagt Eva, als sie sich vor der Haustür verabschieden und Martin sich auf sein Rad schwingt.

Im Haus ist schon alles dunkel. Pa und Ma haben sich wohl früh hingelegt nach den letzten beiden Abenden. Eva geht in die Küche. Sie macht den Kühlschrank auf: Bockwurst, Jogurt, Senf und Pudding. Sie balanciert alles zum Tisch.

Da liegt die Zeitung. »Eifersucht zeigt Mangel an Selbstsicherheit«, steht da. Sie schiebt die kalte Bockwurst in den Mund, schiebt Senf mit dem Löffel nach. Dazwischen immer einen Löffel Jogurt.

»Du verdirbst dir den Magen«, würde Mama jetzt sagen. Mütter. Kaltebockwurstgegner. Haben keine Ahnung, was glückliche Mägen alles in sich hineinschlabbern können.

»Eifersucht ist *nicht* die natürliche Kehrseite der Romantik«, steht da weiter. »Eifersucht ist ein Ausdruck von Unsicherheit, des Fehlens von Freunden.«

Eva seufzt. Das hatten wir doch schon! Der Journalist, der das geschrieben hat, muss sich mit Lisa und Mama verbündet haben. Klar. Und Mama hat das extra für Eva hier hingelegt, weil sie wusste, dass Eva noch einmal an den Kühlschrank geht.

Nicht mit mir, Mama. »Fehlen von Freunden«, »Ausdruck von Unsicherheit« – so ein Quatsch.

So kriegst du deine Botschaften nicht rüber, Mama. Ich habe Freunde, Mama, auch wenn ich die im Augenblick auf Sparflamme koche. Aber jeder braucht mal 'ne Schonzeit, auch eine Freundschaft.

Und, Mama: Unsicher werde ich nur, wenn meine Pickel wieder in Vollblüte stehen. Sonst nicht. Basta.

Die zweite Bockwurst. Viel Senf. Mineralwasser. Cola.

Mama, dein erhobener Zeigefinger bohrt sich ja noch durch die Zeitung. Aber nicht mit mir. Klar?

Und Eva zerschnipselt den ganzen Artikel und versenkt ihn im Klo. So nicht, Mama! Merk dir das.

Mit der Haarsträhne im Mund hockt sie sich auf den Küchenstuhl und denkt nach, während der Himmel sich draußen vor dem Fenster violett färbt und die Nacht langsam die ganze Stadt in ihr Dunkel hüllt.

21

Einen Tag später.

»Kommst du zu mir?«, fragt Martin am Telefon.

Sie möchte alles von ihm sehen. Jedes Mal, wenn sie bei ihm ist, möchte sie mehr sehen.

Martin wohnt mit seiner Mutter in einer Zweizimmerwohnung. Jeder von ihnen hat ein Zimmer.

»Mehr können wir uns nicht leisten«, sagt Martin.

Außerdem haben sie eine große Küche. Aber die Wohnung strahlt etwas aus. Eva ist schon ein paar Mal in Martins Zimmer gewesen, aber immer nur kurz, heute haben sie mehr Zeit.

Er hat eine ganze Wand voller Bücherregale.

Auf seinem Schreibtisch steht ein Bilderrahmen mit dem Foto eines Mannes, der ihm sehr ähnlich sieht. Die Haare (natürlich ist die Frisur anders), die Augen, nur

Martins Mund ist weicher ausgebildet. Er merkt, dass Eva das Bild betrachtet.

»Das ist mein Vater. Er war gerade mit seinem Studium fertig, da hatte er einen Hirntumor.«

»Das muss für deine Mutter sehr schwer gewesen sein.«

»Ja, sie hat ihn sehr geliebt – und tut es heute noch.«

»Fehlt er dir?«, fragt Eva.

»Ja, häufig.«

Eva überlegt, was ihr Vater eigentlich für sie bedeutet und wie es wohl wäre, wenn sie wie Martin ohne Vater aufgewachsen wäre.

»Sieh dich um«, sagt er. »Du sollst mein Zimmer und mich genauso kennen lernen wie ich deins und dich.«

Er zeigt Eva seine Bücher, dabei zieht er schnell sein Bett zu. Es war nicht gemacht. »Vergess ich jeden Morgen.«

»Frag mal meine Mutter, was die zu diesem Thema zu sagen hat.«

An der anderen Wand hängen viele Zettel mit Sprüchen. So schnell kann Eva die nicht entziffern. Da geht vorne der Schlüssel in der Tür.

»Meine Mutter«, sagt Martin. »Mist, ich hab vergessen einzukaufen. Du bist schuld«, fügt er grinsend hinzu. »Weil ich nur dich im Kopf habe. Ist es schlimm, wenn ich jetzt schnell gehe? Klappt gerade noch. Wenn du magst, sieh dir alles an. Kannst überall drangehen.«

Es klopft an der Tür.

»Ich geh noch eben einkaufen, Mam. Hab ich vergessen.«

»Soll ich das nicht machen?«

»Nein, lass mal. Du bist doch müde, oder?« Martin geht sehr liebevoll mit ihr um.

Martins Mutter will sich im Bad frisch machen. »Wir sehen uns ja gleich noch«, sagt sie zu Eva.

Eva liest einen der Sprüche an der Wand: »Man hat in sich einen Wert … und dann braucht man auch einen, der einem darauf antwortet.«

Martin hat ihr über die Schulter geschaut. Er drückt sie an sich und sagt: »Und die, die auf meinen Wert antwortet, bist du. Eigentlich fehlt da noch ein Stück«, sagt er. »Man hat in sich einen Wert, und dem muss man auf die Spur kommen, den muss man herausfinden. Das ist das, was in einem drinsteckt. Und wenn man ihn gefunden hat, einen kleinen, einen mittleren, auch einen großen, dann braucht man auch einen, der darauf Antwort gibt, auf den kleinen, auf den mittleren oder auf den großen Wert. Und das bist du. Du gibst mir Antwort. Das ist *auch* ein Stück unserer Liebe.« Er gibt ihr einen Kuss und schaut auf die Uhr. »Aber jetzt muss ich los, sonst sind die Geschäfte zu, und wir müssen verhungern. Du findest bestimmt etwas, womit du dir die Zeit vertreiben kannst. Schau dich um. Das alles bin ich«, sagt er und zieht noch schnell sämtliche Schubladen auf als Zeichen dafür, dass er keine Geheimnisse vor ihr hat.

Es kommt Eva so vor, als kennten Martin und sie sich schon ein Leben lang. Als seien sie schon zusammen aufgewachsen. Wie Geschwister. Nur noch enger. So verbunden fühlt sie sich ihm.

Ihr Blick fällt auf einen anderen Spruch.

Die Spinne spinnt
der Mensch sinnt,
es beißt der Floh,
und wenn's nicht anders wird,
dann bleibt es so.

Die Spinne sinnt,
der Mensch spinnt …
es beißt der …

Sie grinst. Typisch Martin. Dieses leicht Verrückte. »Der Mensch spinnt …« Sie geht weiter durch das Zimmer. In einer der aufgezogenen Schubladen liegen mehrere Briefe, ein ganzer Packen. Sie zögert einen Moment, geht vorbei. Sie schaut über die Bücherrücken.

Der Blick aus dem Fenster geht auf die Straße. Auf der Fensterbank Aftershaves, drei Sorten. Sie riecht dran. So hat er gestern gerochen. Das wird ihr Lieblingsduft bleiben. Sie will in dem Buch blättern, das da offen liegt. Martin liest sehr viel. Man sieht es nicht nur hier, man merkt es auch.

»Die Spinne sinnt, der Mensch spinnt.« Ja, manchmal ist es so!

Ihr Blick fällt noch einmal auf die Schublade mit den Briefen. Mädchenschrift. Sie kniet sich vor die Schublade und nimmt den Stapel heraus. »Lieber Martin«, sie blättert, »Deine Mary«.

»Deine Mary?« Wer ist Mary? Martin hat nie von einer Mary erzählt. Ein ganzer Stapel »Lieber Martin ... Deine Mary«. Dazwischen Mahnungen von der Stadtbibliothek, die Mitgliedskarte vom Sportverein.

»Lieber Martin ... Deine Mary«. Worte, klebrig wie ein Kaugummi, auf das man tritt und das man dann eine Zeit lang unter der Sohle mitschleppt, das man nicht abschütteln kann und das den aufrechten Gang verändert.

»Lieber Martin ... Deine Mary«. Wer ist diese Mary?

In einem der Briefe liegt ein Foto. Eva zieht es mit spitzen Fingern heraus. Ein blondes Mädchen. Hübsch. Glatte, lange Haare. Sie grinst Eva offen ins Gesicht. Dass sie das wagt! Das also ist Mary, von der Martin ganze Packen von Briefen bekommen und von der er Eva noch nie etwas erzählt hat. Eva sucht die Umschläge mit zitternden Fingern. Die Umschläge mit der Adresse. Sie wird sich diese Mary dann mal ansehen. Sie wird einfach hinradeln. Aber die Umschläge sind nicht da. Nur Briefe, lange Briefe. »Lieber Martin ... Deine Mary«. Mehr sieht Eva nicht. Alles verschwimmt.

Eva wirft das Bild in die Schublade. Wirft die Briefe hinterher. Die braucht sie erst gar nicht genauer zu lesen. Sie will gar nicht wissen, was drinsteht. »Schau dich nur um«, hört sie Martin wieder sagen. Danke, Martin, ich habe genug gesehen! Für sie ist der Fall klar: Martin hat eine Freundin neben ihr – oder er hat eine gehabt und sie ihr verschwiegen. Gehabt? Nein, die Briefe sind noch nicht so alt. Die sehen noch ganz frisch und neu aus, nicht alt und zerlesen. Um Eva herum dreht sich alles. Das ganze Zimmer. Sie steht auf, rennt auf und ab. In ihrem Kopf fahren die Gedanken Karussell.

Abrupt bleibt sie stehen. Nein, das kann nicht sein. Das kann gar nicht sein. Sie waren doch immer zusammen. Sie haben sich doch täglich gesehen. Er liebt sie doch. Er war doch fast immer bei ihr. Fast immer … In der Schule morgens, da könnte er gut eine andere haben.

Ausgeschlossen ist das nicht. Sechs Stunden hier, sechs Stunden da. Aber nein, so ist Martin nicht. Martin ist doch gerade anders. Und deswegen liebt sie ihn ja auch so. Evas Hirn und Herz und alles ist wie ein Schüttelkasten.

Liebt er mich wirklich? Hat er nicht immer gesagt, dass er *denkt,* dass er mich liebt? War das eine Ausrede? Eine Einschränkung? Ein Vorbehalt? Liebt er mich gar nicht wirklich? *Denkt* er es nur?

Eva rennt durch das Zimmer. Und sie merkt, es gibt Wörter, es gibt Sätze, die tropfen langsam in den Körper hinein, verbreiten sich, gehen dann in den Kopf, den Bauch, die Brust, die Arme, die Beine, die Füße, die Hände, die Finger. Sie durchziehen alles wie ein Gift, lähmen, bis der Mensch, den sie befallen, sich plötzlich schüttelt, aufbäumt, aufschreit und wie im Fieber läuft, fortläuft mit seinem vergifteten Körper, mit seinem vergifteten Kopf und mit seinem vergifteten Herzen. Wohin, weiß er nicht. Wohin, weiß keiner. Und Eva auch nicht.

Und so läuft Eva. Sie fühlt plötzlich eine sich aufbäumende, aufschreiende Kraft in sich, wird gleichzeitig achtsam, duckt sich, bändigt die inneren Aufschreie und schleicht aus dem Zimmer, hört Martins Mutter im Badezimmer duschen. Sie öffnet die Wohnungstür, schließt die Wohnungstür, sie ist vorsichtig, leise, sie schleicht die Stufen hinunter, geduckt wie ein Tiger vorm Feind und gleichzeitig sprungbereit. Sie ist unten, die Haustür fällt zu. Der Lärm der Straße schlägt ihr ins Gesicht. Er macht, dass sie rennt. Jetzt denkt sie nicht mehr. Nur fort, das ist alles. Die Straße entlang!

Eva möchte schreien: »Liebe mich, du musst mich lieben, weil ich dich liebe« – und gleichzeitig weiß Eva, dass das nicht so ist. Aus einer Liebe kann keiner eine andere ableiten! Liebe mit Versicherungsschein ist nicht.

Plötzliches Autohupen, quietschende Bremsen. Sie ist über eine rote Ampel gelaufen. Sie läuft und läuft. Nur weiter. Den Wall entlang, noch eine Straße weiter, über die Kreuzung.

»Man hat in sich einen Wert, einen großen, einen kleinen, einen mittleren. Und dann braucht man einen, der darauf antwortet.«

Jemand ruft sie. Sie antwortet nicht. Sie läuft weiter. Die Bäume beugen sich herab hier in der Kastanienallee, alles blüht, und der Himmel ist so blau, zieht sich aber im Hintergrund zu, wird dunkel.

»Der Mensch spinnt«, »und dann braucht man auch einen, der darauf antwortet, auf den großen, den kleinen, den mittleren Wert«. Diese Sätze schießen Eva durch den Kopf.

Da ruft jemand: »Hallo, Eva!« Der Himmel wird schwarz. Es braut sich etwas zusammen. Sie antwortet nicht. Sie sieht nur nach innen, und da beginnt es jetzt wehzutun. »Das ist auch ein Stück unserer Liebe«, ein Martinsatz, und ein Schmerz zieht auf und droht sie von innen zu zerreißen. Sie steht vor ihrer Haustür, schließt leise auf.

Von oben ruft die Mutter: »Eva, Martin hat angerufen, ich habe gesagt, du wärst nicht da, er ruft gleich noch einmal an.«

»Sag ihm, ich will ihn nicht sprechen.«

Sie geht hinunter in ihr Zimmer. Sie schließt die Tür ab. Sie will alleine sein. Ganz alleine mit diesem Schmerz.

»Man hat in sich einen Wert, einen kleinen, einen mittleren, einen großen ...«

Eva wirft sich aufs Bett.

Liebe! Ist nicht gerade Liebe ein total verwaschenes und abgegriffenes Wort, das man kaum in den Mund nehmen kann, und schon stimmt es nicht? Liebe! Liebe ich wirklich? Liebe, was ist schon Liebe! Wie ein Hohn- und Spottwort hört sich Liebe plötzlich an. Wie klebriges, ungeformtes Kaugummi! Wie lange musste sie überlegen, was Liebe ist, als sie mit den Eiskugeln um den Marktbrunnen rannte!

Martins Duft hängt noch im Raum. Eva steht auf, sie reißt das Fenster auf, der Duft soll hinausziehen und das Bild von Martin und die Briefe von Martin – alles soll fort. Sie zerreißt den letzten Brief und streut die Schnipsel aus dem Fenster in den Garten hinaus. Vielleicht fliegen ja diese leeren zerfetzten Martinworte hinüber zu Beethoven, und er kann sie einsammeln und diesem alten

Kerl mitbringen. Ein Wind kommt auf, hebt die Schnipsel fort. Eine Wolkenwand baut sich auf. Undurchdringlich und schwarz.

Heuchler, Lügner! Und mit so einem hat sie geschlafen, mit so einem hat sie zum ersten Mal geschlafen!

Ein lauter Donnerknall zerreißt die Stille. Eva zuckt zusammen. Die Sommerwärme und -schwüle, die sich den ganzen Tag über gesammelt hat, ist nun an ihrem Gipfel angelangt, sie ballt sich zusammen, um dann umso heftiger mit Blitzen und Donnern loszuschlagen und mit heftigem, plötzlich einsetzendem Regen die Erde zu peitschen.

Eva wird wütend. Sie möchte jetzt etwas zerschlagen! Sie setzt sich an ihren Schreibtisch, schaut durch die Glasplatte, und dann heult sie los. Eva allein.

Es klopft an der Tür.

Eva antwortet nicht.

»Eva!«, ruft der Vater. »Eva!«, ruft die Mutter.

Die können ihr jetzt auch nicht helfen. Wahrscheinlich würden sie doch bloß sagen: »So schnell schläft man auch nicht mit einem, den schaut man sich schon besser an« und: »Haben wir dir nicht gesagt …«

Es klopft wieder. Das ist Peer. »Eva, lass mich doch rein …« Und als sie nicht antwortet, sagt er: »Ich kitzel dir auch deinen dicken Kullerbauch«, das war ihr Lieblingsspiel, fast bis Martin kam. Peer kam sonntagmorgens zu ihr, und dann kitzelte er sie immer wach, und sie kitzelte ihn zurück, und an ihrem dicken Kullerbauch, da war sie am kitzeligsten.

»Ich kitzel den echt«, ruft Peer durchs Schlüsselloch.

Da macht Eva die Tür auf. Mama steht da. Da kann sie nicht mehr halten und weint einfach los. Sie lässt einfach die Tränen kullern und laufen und Mama nimmt sie in den Arm und Peer streichelt ihren Rücken.

»Was ist denn?«, fragt Mama.

»Es ist aus«, schluchzt Eva.

»Und warum ruft er dann an?«, fragt Papa.

Das Telefon geht schon wieder.

»Geh du dran«, sagt Eva zu Papa.

»Er will dich sprechen«, sagt Papa.

»Ich will ihn aber nicht sprechen, der soll doch mit seiner Mary sprechen.«

Papa versteht nichts. Er schüttelt den Kopf. »Ob Martin eine andere hat?«, murmelt er Mama zu. Aber das kann er Martin doch jetzt nicht einfach am Telefon fragen. Er geht und richtet Martin aus, dass Eva ihn nicht sprechen will. Als er zurückkommt, sagt er: »Wir lieben uns sehr, doch lieben ist schwer.«

»Laß die Sprüche«, faucht Eva ihn an. Sind denn die Kerle alle übergeschnappt, gefühllos, Sprücheklopfer, leere Schwätzer?

»Sollen wir uns denn nicht mal hinsetzen?«, fragt Papa.

Papa setzt sich auf den Schreibtischstuhl, Eva aufs Bett. So hat sie gestern noch mit Martin gesessen, aber da hat sie nichts von dieser Mary gewusst. Wahrscheinlich ist das eine aus seinem Jahrgang: klüger, hübscher, schöner. Und wahrscheinlich kann die sich – auch in Briefen – ganz toll mit ihm unterhalten. Und zum Ausprobieren und Üben hat er dann mal Eva genommen. Und dann plötzlich fallen die Worte, die Sätze, alles aus ihr heraus. Sie erzählt das mit den Sprüchen an der Wand und das mit den Briefen in der Schublade.

»Hast du denn schon mit ihm darüber gesprochen?«, fragt Papa.

Gesprochen, was Papa sich vorstellt! Am besten, dass er ihr Marys Biefe noch vorliest und bei jedem »Ich liebe dich« von Mary Evas Brust streichelt und dann sagt: Dich lieb ich aber doch noch ein bisschen mehr. Und er würde ihr wieder an den Busen grabschen und sie würde sagen: Fein ist das, oh, und wie ich das genieße, wenn du mich so berührst! Und wie viel Zentimeterchen mehr liebst du mich denn? Damit bin ich ja so zufrieden, wenn ich zweieinhalb Zentimeterchen Liebe von Martin habe. So ein Goldstück bist du, da reichen einem auch die kleinen Bröckchen, die für kleine dumme Schulmädchen wie mich abfallen. Zweieinhalb Zentimeterchen Liebe!

»Weiß er denn wenigstens, warum du weggelaufen bist?« Sie wird durch Mamas Frage aus ihren Gedanken gerissen.

»Natürlich weiß er das! Der weiß das doch ganz genau! Deswegen hat er doch die Schublade mit den Marybriefen aufgezogen, damit ich sehe, was Sache ist, und damit er mich endlich los ist.«

»Danach hörte er sich eben am Telefon aber gar nicht an«, sagt Papa.

Es knallt draußen. Alle lauschen dem Gewitter, das

immer näher kommt. Die Luft liegt schwer und unbeweglich über dem Garten.

»Aber nicht, dass du da jetzt anrufst!«, sagt Eva zu Papa.

»Nein, nein«, sagt Papa. »Aber wenigstens erklären solltest du es ihm.«

Eva lebt plötzlich wie in einer Kapsel aus Einsamkeit. Auch wenn sie von ihrer Familie umringt auf einem Stuhl sitzt.

Distelköpfige Erinnerungen an gestern. Stacheln! Einsamkeit bis zur Übelkeit. Wenn Eva auch ihre eigene Haut gerettet hat, ihre äußere Haut, so hat ihre innere Haut derbe Löcher, Verletzungen der Seele, abgewetzte Ecken.

Alle lauschen dem Gewitter. Die Luft brütet, die Luft liegt schwer und unbeweglich – und dann plötzlich reißt ein Wind sie auf, ein Sturm, der die Bäume biegt, der Zweige gegen das Haus drückt, der eine Tür zuschlagen, ein Fenster aufspringen lässt, der mit allem spielt, als wolle er sagen: »Zu viel hat sich angesammelt, fort, bewegt euch, hui, ich fege alles fort, alles, was überfällig, überflüssig, steif und unbeweglich da war. Hui, ich komme!«

Felix schreit, hängt jaulend am Rock von Mama und Lucy und Peer krabbeln der Eva auf den Schoß, hängen sich an sie, drücken sie, knubbeln sie, schnurren, und erst beim nächsten Donner zucken sie wieder zusammen, werden still, steif, lauschen dem Prasseln des Regens und schauen, ob Blitz und Donner weitertanzen am Himmel.

Peer hat das Foto von Martin in der Hand. Er malt ihm einen Schnurrbart. Und als er merkt, dass der nichts geworden ist, kritzelt er mit dem Filzstift immer weiter, über das ganze Blatt, bis der Martin verschwunden ist hinter einer schwarzen undurchdringlichen Wand aus Filzstift, hinter der man ihn auch nicht mehr hervorholen kann.

Der Wind jagt Sekunden, Minuten, dann plötzlich reißt er die dunkle Wolkendecke zur Seite wie einen Vorhang im Theater, um einem neuen Stück Gelegenheit zu neuem Anfang zu geben. Die Sonne steht mitten in diesem freien Fleck Himmel, eine noch glühende Sommerabendsonne, die nur aus einem Wolkenloch heraus die noch von Wolken verhangene, dunkle, regenfeuchte und vom Wind gekämmte Erde bescheint. Auf den Strahlen, die einzeln und in Bündeln aus dem Wolkenloch ausgeschickt werden, tanzen einzelne Regentropfen, und unten aus dem Wolkenloch, wo Regen und Licht aufeinander stoßen, steigt und wächst langsam und feierlich ein immer größer werdender Regenbogen hoch.

Alle atmen auf.

Die Zeit arbeitet für sich, wenn auch nur langsam, wie ein Wasserhahn tropft, und das Brennen und der schale Geschmack weichen allmählich dem normalen Grauton des Tages. Kein Herzsprung mehr, nur ziehender Schmerz, der sich wie Muskelkater dann langsam auflöst.

Lucy, Peer und Felix starren nach draußen, staunen, atmen durch, schütteln das Brodeln und Brausen und Donnern ab, springen hoch und sagen: »Mensch, das war was!«

Auch Eva schüttelt sich und sie will gerade mit ihren Gedanken wieder zu Martin zurückkehren, sich schütteln, so, wie man morgens die Träume abschüttelt, um wieder in den Alltag einzusteigen, als es an der Haustür klingelt.

Einmal zaghaft, einmal fester, einmal Sturm, als stünde da draußen jemand, der durch sein Klingeln schon anzeigen will, dass es drängt, dass er auf jeden Fall vorgelassen werden möchte, dass er bleibt, bis geöffnet wird. Und als die Tür aufgeht, steht dort Martin. Regentriefend, durchgeweicht. Er ist durch das Unwetter mit dem Fahrrad zu Eva gejagt.

»Ein Gewittermann«, grinst Peer.

»Ich will ihn nicht sehen«, schreit Eva, aber sie bleibt am Treppengeländer stehen und lauscht. Der Vater hat die Tür geöffnet. Martin steht dort, will erklären, will zu Eva. Aber erst einmal bittet ihn der Vater herein. Sie setzen sich.

Martin sprudelt los, fragt, weiß nicht, was ist.

Der Vater erzählt ihm von Briefen und von einem Foto, die Eva in einer Schublade gefunden hat.

»Welche Briefe?«

»Lieber Martin ... Deine Mary«, sagt der Vater nur.

Da will Martin erst lachen, aber die Lage ist einfach zu ernst. Und er erklärt, dass das eine Brieffreundin ist, eine Brieffreundin, die in Holland wohnt und die er durch die Schule kennen lernte.

Eva stutzt. Ihr fällt ein Stein vom Herzen.

»Das werde ich Eva jetzt erzählen«, sagt der Vater, denn er weiß, dass sie das erst wissen muss und dass dieses Wissen erst langsam und tropfenweise wieder in sie eindringen muss, wie vorher die andere böse Ahnung, um dann vielleicht begriffen und verarbeitet zu werden und um aus der wütenden und einsamen Eva, die trotzig dasteht, wieder die alte Eva zu machen, die ihren Martin liebt.

Der Vater geht zu Eva hinunter und hofft, dass sein Botenbericht das Liebes- und Eifersuchtsdrama »Martin und Eva« schnell beenden wird.

Eva hört zu, Eva versteht, Eva lächelt. Aber plötzlich versteht Eva sich nicht mehr. Wie konnte sie nur so eifersüchtig sein? Wie konnte sie vor einem Gespräch fortlaufen? Warum hat sie nicht die klärende Frage gestellt? Warum hat sie Martin nicht die Frage gestellt: Wer ist Mary?

Der Bote Vater kehrt zurück zu Martin. Der Bote Vater kehrt zurück zu Eva.

Der Botenbericht hat die Wahrheit ans Licht gebracht, aber Eva mag immer noch nicht hochkommen, weil sie sich jetzt schämt. Die Mutter geht zu ihr. Sie sitzen und warten. Die Mutter wartet mit ihr. Stärke ist, auch seine Fehler zu zeigen. Die Scham zu überwinden. Sagt die Mutter. Aber Eva kann sich noch nicht den Ruck geben.

Der Vater ist jetzt wieder Vater, nicht mehr der Bote. Er geht mit Martin hinunter zu Eva. Martin geht auf Eva zu. Nimmt sie in den Arm. Der Vater und die Mutter nehmen Lucy, Peer und Felix an die Hand und verlassen mit ihnen das Zimmer.

»Mensch, Eva«, sagt Martin. Er fühlt sich ein bisschen unbeholfen, das merkt man. »Mensch, Eva«, sagt er wieder und zieht sie sehr langsam näher an sich heran. Wie kann er es ihr sagen? Sein Gesicht sieht aus wie ein Fragezeichen. Noch vorsichtig gekrümmt, bis es sich auf einmal aufrichtet, aufhellt zum Rufzeichen.

»Du, wir lieben uns doch!«, sagt er.

»Wir lieben uns sehr, doch lieben ist schwer«, sagt Eva auf einmal und kaut wieder auf ihrer Haarsträhne herum. »Sprüche«, hat sie zu Papa gesagt, als der das sagte. Aber dieser Spruch stimmt ja. Und auf einmal denkt sie auch zurück an das, was sie gedacht hat, als sie hinter Martin her über den Bürgersteig zur Eisdiele balancierte mit Beethoven im Schlepptau. Warum weiß man alles nicht sicher? All das, was sich im Innern abspielt? Und auch später, da haben sie gesagt: »Wenn man liebt, wird man verletzlicher«, und Bounty, die von ihr, Eva, gesagt hat, sie sei verliebt in die Liebe ... Und Martin, der ihr gesagt hat, dass es Liebe ist. Warum gerät das Gehirn manchmal durcheinander wie ein Schüttelkasten? Und warum macht man dann so etwas?

»'tschuldigung«, murmelt sie.

Und wenn Eva jetzt nicht von Martin plötzlich ganz feste gedrückt worden wäre und er ihr nicht einen Ist-schon-alles-wieder-gut-Kuss gegeben hätte, dann hätte sie genau jetzt ihre Haarsträhne endgültig abgebissen.

22

Am nächsten Morgen lässt die Familie sie lange schlafen. Es ist zwar ein Dienstag, aber alle sind der Ansicht, dass Eva ganz dringend Ruhe braucht und heute nicht in die Schule gehen muss.

Ein Sonnenstrahl kitzelt an Evas Nase, Eva springt hoch, schaut auf ihren Wecker – schon elf Uhr! – und rennt aus ihrem Zimmer.

»Hallo«, ruft jemand von oben. Mamas Stimme. Eva läuft der Stimme nach, Mama sitzt in ihrem Zimmer am Schreibtisch.

»Schon wach?«, lacht sie.

»Ja, aber«, sagt Eva, »ich hab doch Schule.«

»Ich glaube, Ruhe tut dir heute besser«, sagt Mama.

»Danke.«

Eva krabbelt zu ihr auf den Schoß für einen Augenblick. Mama ist Gott sei Dank keine Möchtest-du-dich-jetzt-nicht-mal-aussprechen-Mama. Mama hört zu, wenn man spricht, aber sie bohrt in den seltensten Fällen.

»Was willst du jetzt machen?«, fragt Mama.

»Weiß noch nicht, mal sehen. Erst geh ich noch mal runter.«

Eva hüpft in ihr Zimmer, die Brüste wippen, die Locken hängen im Nacken.

Sie schaut aus dem Fenster.

Auf einmal hätte sie Lust, Lisa anzurufen. Aber Lisa anrufen geht nicht, die ist ja in der Schule.

Was würde sie ihr sagen? Dass Lisa Recht hatte, dass sie, Eva, sich wie ein dummes Schaf benommen hat, wie ein Rennschaf immer hinter Martin her.

Eva holt einen Stift, setzt sich an den Schreibtisch und macht sich eine Denkliste.

Fünf Punkte zur Klärung der Wichtigkeit bestimmter Personen für mich

Darunter schreibt sie:

»Am wichtigsten ist für mich Martin, weil ich ihn liebe, und Liebe ist einfach sehr viel.

Am zweitwichtigsten sind für mich Pa und Ma.« (Sie hätte beinahe »Pa und danach Ma« geschrieben, aber das stimmte nicht, wenn sie es genau betrachtete.)

Am drittwichtigsten ist ihr Lisa, aber Beethoven ist genauso wichtig, wenn er auch zur Besprechung von Jungen- oder, genauer gesagt, Liebesproblemen und sexuellen Fragen aus Geschlechtsgründen nur bedingt geeignet ist, so kann Eva doch alles andere mit ihm besprechen. Die Sache ist nur die, dass oben genannte Probleme zur Zeit 95 Prozent ihrer Gespräche füllen. Und sie ist sich auch klar darüber, dass manchmal Beethoven wichtiger ist als Lisa.

Danach kommen die Geschwister als vierter Punkt. Damit schließt sie die Liste.

Jetzt sind es doch nur vier Punkte geworden, und das Ganze ist auch noch ziemlich verwaschen. Eva überlegt einen Moment, dann schreibt sie als fünften Punkt darunter: »Ich muss zu mir stehen, ich bin die Person, der ich am meisten verbunden und am meisten vertraut bin.«

Sie nimmt ihre Haarsträhne in den Mund und überlegt: Welcher Punkt ist wichtiger? Punkt 1 oder 5?

Und sie kommt zu dem Ergebnis, dass ihr im Augenblick 1 = Martin am wichtigsten zu sein scheint, dass sie aber weiß, dass sie selbst (Punkt 5) genauso wichtig ist, dass aber ein Überwiegen des Punktes 5 wohl für sie im Augenblick außerhalb jeder Diskussion steht. Und die anderen Punkte? Zwei bis drei? Die sind auch wichtig. Sie braucht nämlich die anderen, alle. Immer wieder, weil sie jemanden braucht, der ihr antwortet auf den kleinen, den großen, den mittleren Wert, und das kann nicht alles nur Martin machen. Und sie bei Martin auch nicht. Und was Punkt 5 anbelangt, sie weiß ja, dass jeder Mensch zu sich stehen muss. Das ist die Grundlage für alles andere. Und tut sie das genügend? Zu sich stehen? Für sich stehen? Ist sie sich wirklich vertraut? Und: Wann fängt man eigentlich an, darüber nachzudenken, *wer* man ist? Und ob man das wirklich und in allen Lebenslagen kann: zu sich stehen, für sich stehen?

Eva legt ihre Beatles-CD ein, die sie in letzter Zeit so oft gehört hat.

»Help, I need somebody«, und jetzt auf einmal hat sich etwas geändert in ihrem Hirn. In letzter Zeit hat sie mit »somebody« immer Martin gemeint, aber jetzt meint sie eben auch die andern: Lisa, Pa, Ma, alle – jeder hat ein Stück Wichtigkeit für sie und sie für jeden von ihnen. Man hat in sich einen Wert – und dann braucht man einen, der antwortet. Und dieser eine, das sind eigentlich ganz viele.

Da fällt Evas Blick auf den Boden, auf die Kurven, die sie vor einigen Tagen in Mathematik gezeichnet hat: Kosinus- und Sinuskurven. Sie fallen vom positiven Bereich tief in den negativen und steigen danach wieder an, hoch in den positiven und laufen auf der Zeitachse weiter. Eva macht eine überraschende Kurveninterpretation. Die erste mathematische Kurveninterpretation, die sie aus freien Stücken macht: Das ist die Liebe! So ist die Liebe! So wie diese Kurven! Verliebt, da tändelt man eigentlich nur oben im Positiv-Schönen herum, aber Liebe hat auch Negativphasen, Negativphasen, in die man ganz schnell hineinrutscht und aus denen man sich dann an den eigenen Haaren oder mit Hilfe anderer wieder herausziehen muss. Und dann geht es wieder in den positiven Bereich. Wie sagte Lisa vor der Martinzeit in einem ihrer geliebten Psychogespräche? »Du musst dich an den Haaren wieder rausziehen. Wie Münchhausen! Der zog sich auch selbst wieder raus. Und das geht auch«, sagte Lisa. »Ganz einfach: Konzentrieren – Gedanken sammeln – Haare aufstellen – und dann nichts wie raus aus dem Sumpf – abheben!«

Wofür Mathe doch gut ist! Allgemeine Lebensberatung Mathematik! Am besten bei Tante Misi! Sie wird gleich Lisa anrufen, wenn sie aus der Schule zurückkommt und mit ihr über alles reden. Auch noch mal das Psychogespräch auffrischen.

Was hat die Liebe mit mir gemacht?, überlegt sie. Ich

bin durch meine Liebe zu Martin ein anderer Mensch geworden. Aber nicht, so wie ich gedacht habe, ein Mensch wie der einzig passende Legostein zu einem anderen passenden Lego – nicht völlig angepasst, sondern jetzt fang ich auf einmal wieder an für mich zu stehen, aufrecht zu gehen mit meinem Päckchen von Schwierigkeiten an beiden Seiten gleichmäßig verteilt, aber neben dem Martin aufrecht einherschreitend durch das, was alle Leben nennen, was ich ungeheuer spannend und manchmal ungeheuer zum Kotzen finde. Mein Leben!

»Yellow Submarine« kommt jetzt aus dem Lautsprecher.

Eva liegt auf ihrem Bett und ist fast eingeschlafen.

»We are all in the yellow submarine ...«

Vielleicht träumt sie jetzt wieder den Traum vom Fliegen. Ja, sie ist dort mit Martin und sie fliegen durch Wolken und Dunkel. Und die Beatles singen in Evas Traum: »So we sailed on to the sun, till we found the sea of green ...« Sie fliegen ins Licht, auf die große breite Milchstraße zu. Ist es Tag? Ist es Nacht? Nein, Traumzeit. Und das Licht ist vor ihnen, die Sonne und das galaktische System der Milchstraße, in dem um einen sternreichen Kern sich spiralförmige Arme legen. Sternenwolken, Sonnen, Lichter. Und sie fliegen ihre Straße entlang, auf der sie lenken und die Balance halten müssen.

Doch Martin und sie sind nicht allein, denn als sie sich umschaut, sitzen da ganz viele: Beethoven, Lisa, Bounty, Mama, Papa, Peer, Lucy, Felix – alle fliegen mit. Alle sind zusammen. Eva kann jeden Einzelnen von ihnen erkennen.

»Echt galaktisch«, sagt Otto-Quatschkopf. Er kann das Quasseln selbst hier nicht lassen.

Die Beatles singen in Evas Traum hinein: »And our friends are all aboard …«

Ja, da schaut sie sich noch einmal um. Und was sieht sie? Nicht nur Martin und sie steuern jetzt jeder für sich, alle steuern sie, alle haben einen Steuerknüppel, jeder für sich, und doch müssen ja alle zusammen fliegen. Einen Weg entlang. Einem Ziel entgegen.

Die Steuerung ist ganz schön kompliziert. Mal muss man sich mit dem einen abstimmen, dann mit dem anderen …

»We all live in a yellow submarine«, singen die Beatles in den Traum hinein.

Submarine, Flugzeug, Wasser, Traum und Himmel greifen ineinander. Im Traum. Und sie fliegen die Milchstraße entlang.

Da beugt Martin sich zu Eva hinunter.

Die Beatles singen: »Sky of blue and sea of green …«

Martin schiebt seine Hand unter ihren Pullover. Das kitzelt. Die Balance zwischen Spaß und Ernstsein. Sie lacht. Er schaut sie ganz ernst an. Sie streichelt ihn. Und sie geben sich einen richtigen, langen Liebeskuss.

Die Suche nach dem Sinn des Lebens

Elisabeth Zöller

Nana oder der Sinn des Lebens

190 Seiten, ab 13 Jahren, ISBN 3 522 17086 5

Das ist doch alles nur ein böser Traum! Alles kurvt durch ihren Kopf. Drückt sie. Belagert sie. Da, die Doofe im Spiegel, das bin ich, denkt Nana. Die da, die noch nicht mal ihre Versetzung schafft. Die mit 16 noch einmal in die neunte Klasse geht. Eine irre Wut packt und schüttelt sie. Am liebsten würde sie alles zusammenschlagen, so wütend ist sie.
Verdammt, irgendwie muss dieses Leben doch in den Griff zu kriegen sein!

THIENEMANN